天下篇，逍遙遊
七星劍，葫蘆酒
你就這樣長身去了江湖
自天涯滄桑風塵回來的你
大鐘鳴鼓，琴瑟竽笙
高台厚榭，邃野之居
或人何在？或人何在？
你又帶書攜酒配劍
從眼前到天涯，一路過去

落花也有溫柔的遠志
像人走向水涯
而裘褐為衣，棺桐三寸
張目奸逼切如大火逼你躍牆
身臨绝澗如閉目飛躍
而這一躍往何處去呢
流水也有悲壯的柔情

——摘自溫瑞安《山河錄》之華年

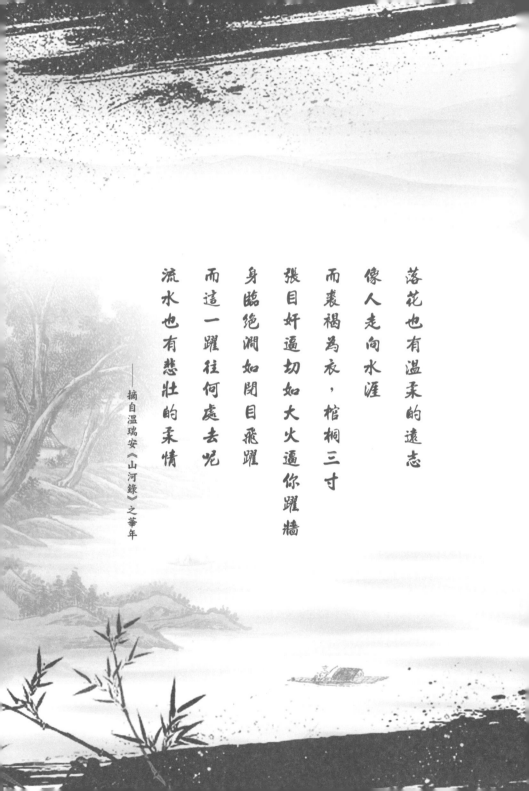

四大名捕系列

武俠經典新版

四大名捕逆水寒續集

下

【易水蕭蕭】

溫瑞安 著

四大名捕逆水寒系列

逆水寒續集

下卷

易水蕭蕭

目錄

九六　背後有人

這一來，變成無情以雙手控轡，文張以雙腿夾馬，往貓耳鎭的市場馳去。

無情愈追近市肆，愈感不安。此時文張已是被逼急了，爲了活命，他什麼事都幹得出來，而自己又無制他之力，旁雜人愈多，愈易殃及無辜。

文張見貓耳鄉近，愈發抖擻精神，待馳近市場，又猶疑起來，因爲自己渾身染血，又挾持了個幼童，別人必定生疑。如果過來攔阻，自己倒是不怕，怕的是無情逼近，自己就難逃毒手了！

他心中一急，果見途人對他指指點點，詫目以視；文張因受傷奇重，上身東晃西擺，竭力在馬上維持平衡，這一來，更加怵目。

這只是市場外緣，已引起注意，而市肆間人群擾攘，見此情景，豈不驚愕更甚！文張惶急之下，默運玄功，右手仍挾著銅劍置於身後，以作護身符。

這時，文張的坐騎正掠馳過一家彩綢布店，因店子西斜，生怕陽光太熱，便在外棚撐出了半幕帆布，來遮擋烈陽直射。

棚子外只擺了幾疋不怎麼值錢的粗布，比較好的布料都擺在店裡，這時候也無人在棚外看管。

文張在急掠過之際，左手忍痛遞出，五指一閤，已抓住布篷，「嗤」地撕下一大片，這一來，布棚已支撐不住，轟然而倒，但文張已把一丈來寬的灰布扯在手裡，在臉上一抹，再甩手一張，披裹在他和銅劍身上。

這樣，雖披著奇形怪狀的斗篷大白天裡趕路，極不相襯，但畢竟只是使人詫異，還不似原先披血挾童而馳的令人駭目。

不過，文張那匆匆一抹，並沒有完全抹去臉上的鮮血，反而使他受傷的左目更感到陣陣刺痛，鮮血更不斷的滲淌出來。

市集上人來人往，相當密集，文張一個控制不住，馬前撞倒了幾人，便傳來陣陣怒罵聲，甚至有人要圍繞過來喝打。

文張見無情更加逼近，情急中忽想起一事：

——此地人多，策馬奔馳反而受阻。

——他有馬，無情也有馬，縱再馳二、三十里，也不見得就能擺脫無情！

——不如棄馬而行，趁此地人擠物雜，只要自己以劍僮爲盾，穿樑越脊，未必不能逃脫。

——何況，無情雙腿俱廢，縱伏竄行，無情再快、也趕不上他。

文張一想到這點，立即棄馬飛掠，儘往人叢裡鑽：

——在人群裡，無情斷不敢亂發暗器！

文張卻不知道：如果無情不是功力未復，他這下棄馬飛掠是大錯特錯的選擇！

因為無情除了暗器之外，輕功亦是一絕！

無情天生殘疾，不能練武，只能練暗器與輕功，他把這兩項特長發揮無遺，文張輕功也算不錯，但若跟無情相比，就直如山貓與豹！

文張幾個巧閃快竄，已自人潮擁擠的街道轉入另一條巷子，也就因為他不敢縱高飛躍，生怕成了無情暗器的靶子，所以才不致瞬間就把無情完全拋離。

文張挾在人群裡，無情自不能策馬衝入人叢裡，他知道只要文張一擺脫他的追蹤，定會把人質殺死，他不能任由文張對銅劍下毒手，所以只能追下去。

他只有下馬。

他幾乎是摔下馬來的！

這一摔，痛得他骨節欲裂，但他強忍痛楚，用手代足，勉力綴行。

缺少了代步的轎子或車子，而又無法運勁，無情每行一步，都艱苦無比。

可是為了緊追文張，無情只好硬挺。

他在人叢中雙手按地，勉力疾行，只見人潮裡的腿腳往旁閃開，語言裡充滿了驚異或同情：

「這個人在幹什麼？」

「真可憐，年紀輕輕，就已殘廢！」

「他這般急作啥？你過去看看嘛！」

「你看你看，這個人……」

無情以手撐地疾行，由於腿不能立，只及平常人的膝部，只不過「走」了一陣，就大汗淋漓，濕透重衫。

文張跟他相隔一條街，在對面迅行。

無情眼看再追下去，一定追不著他，但也不敢呼求途人出手相助。

——有誰能助？

——不過讓文張多造殺戮而已！

無情又氣又急，既累既喘，忽然，三名衙差、一名地保，攔在他身前，不讓他越過去。

其中一名疏鬚掩唇的捕役，顯然是個班頭，向他叱道：「你叫什麼名字？從哪裡來？來幹什麼？」

無情一口氣喘不過來，只見遠處文張又要轉入另一條街衖，再稍遲延就要失去影蹤，只急道：「讓路！」

一名削臉官差怪笑道：「哎呀，這殘廢公子兒更可比咱們凶哩！」

另外一名年歲較長的公差卻調解道：「小哥兒趕得忒急，敢情必有事兒，可不可以告訴我們？」

無情眼看文張就要走脫，恚然道：「那兒走的是殺人凶徒，他正要加害一個無辜幼童！」

那留鬚衙役一怔問：「在哪裡？」他見無情殘廢，心中倒不疑他作惡，聽他這一說，倒信了幾分。

無情用手隔街一指道：「就是他！他還挾著小孩子！」

三人引頸一看，人來人往，人頭洶湧，竟找不到目標，眼看文張就要轉入街道，忽然，有一個人，向他攔了一攔。

文張凝步一看，連鬚落腮密髯接頷的，穿著身便服，青子官靴，白淨面皮，年約五旬上下，只聽那人喝問道：「你是誰？怎麼身上有血，挾著個小孩子幹啥？這小童是你什麼人!?」

文張一聽，便知道來人打的是官腔，決非尋常百姓，他更不想生事，只想避了開去。

他才一扭身，又給另外三名僕徒打扮的人攔手截住，其中一名幾乎要一巴掌摑過來，道：「我們賓老爺問你的話，你聾了不成!?」

文張這才發現自己身上披的斗蓬，也滲出血來，而臂彎內挾著的銅劍，也在疾行時露了出來，這一來，自知大概是瞞不過去了，登時惡向膽邊生，叱道：「滾開！」

他這一喝，那三名作威作福慣了的僕役也頓時走火，揮拳踢腳，要把文張打倒制住。

文張那邊一動手，那圍住無情的三名公差，全瞧見了，其中那名年紀最大的喊道：「那豈不是鄰鎮的鄉紳、驛丞賓老爺？你們看，那個人的確挾著一個小孩，正跟何小七、鄧老二、趙鐵勤他們打起來了呢！」

那留鬍子的衙差抽出鐵尺，向無情叱道：「你留在這兒，那人犯了什麼事，待會兒還要你到公堂指證，」轉首向兩名同伴道：「咱們過去拿人！」

兩人吆喝了一聲「是」，一齊橫過街心，趕了過去。

◇◇◇

原來那名看出文張大有可疑的人，正是那位燕南鎮主事賓東成，賓東成曾接待過劉獨峰和戚少商，而郗舜才被拒於門外，關於這一點，賓東成咸以爲是平生快意，不意又聽聞郗舜才竟迎待了「四大名捕」中的無情，無形中好像扯低了他的榮耀，心中很有點不快，這天帶著三、四名管事、僕從，往貓耳鎮的市集逛逛，合當遇事，竟遇著了挾持幼童、鬧市逃竄的文張！

至於那三名衙差，恰好在市肆巡行，聽到前面騷動，橫出來看個究竟，恰遇上無情，本要審問，卻發現賓東成那兒已跟人動起手來，賓東成是這一帶的地方官，這幾個官差連忙過去護駕，暫不細察無情。

那三名捕役橫搶過街心，奔撲向衚角，文張已陡地丟下銅劍，右手一拳，擊倒了一名僕役，咬牙反手拔出了左肩上的匕首！

文張刀一在手，雖受傷頗爲不輕，但那兩名僕役又焉可攔得住他？三五招間，兩名僕役身上都掛了彩。

以文張的武功，要殺死眼前四人，易如反掌，但他既知來人很可能是官面上的人物，若在此鬧市公然殺人，日後不易洗脫罪名，只怕要斷送前程，所以總算不敢猛下殺手，只想嚇退這幾人。

文張拔刀動手，路上行人皆嘩然走避，一時局面十分混亂。

賓東成見此人形同瘋虎，武功非常，見勢不妙，便要喝令手下撤走再說，犯不著把性命賠在這裡，卻正好在此時，那三名捕差又攏了上來，一時人手驟增，膽氣便豪，賓東成於是叱道：「來啊，先拿下這個凶徒！」

三名官差，揮鐵尺圍襲，文張因懼無情掩至，知道不能再拖，性命要緊，把心一橫，搶身猱進，長袖一揮，捲飛二人，一刀把削臉公差剮下半邊臉來，登時血流如注，掩臉摜倒，慘呼不絕。

這一下，可把幾名衙差、僕役及賓東成全皆震住。

文張獰笑道：「誰敢上來，我就一刀宰了他。」他此時滿臉血污，兇狠暴戾，平日溫文威儀已全消失不見。

忽聽一人深深的吸了一口氣。

文張猙獰的神情倏然變了。

他驟然俯身，要伏竄向倒在地上的銅劍。

他身形甫動，那人就說話了。

話並不特別，只說了一句：「別動。」

文張本來要掠起的身子陡然頓住。

賓東成等望了過去，只見一個白衣青年，以單手拄地，全身汗濕重衣，髮散袂掀，但雙目有如銳電，冷若刀芒。

他盯住文張的咽喉。

文張就覺得自己的喉嚨正被兩把刀子抵著。刀鋒冷，比冰還冷。他感到頭部一陣僵硬。

「你最好不要動。」

文張不敢動。

他知道只要自己一動，眼前這個看來弱不禁風的無情，立即就會發出暗器。

他既不能撲向銅劍，也不能掠身而去。

他開始後悔爲何要放棄手中的人質，去跟這幾個什麼小丑糾纏。

◇◇◇

無情全身都在輕微的抖動著。

而且呼息十分不調勻。

他知道自己快要崩潰了。

因爲他功力未復，而且又實在太累了。

可是他不能倒。

他已嚇住文張，但卻制他不住，因爲他已失去發暗器的能力。

所以他只有強撐下去。

——能撐到幾時？

只聽一聲失聲低呼：「莫非你就是……」說話的人是賓東成：「你就是大名鼎鼎的神捕無情!?」

無情要保留一口元氣，只點頭，儘量不多說話。

那班頭一聽，高興得跳了起來：「有無情大爺在，你這凶徒還能飛到天上去?還不束手就擒？」說著就要過去擒拿文張。

文張臉上閃過一絲喜悅之色。

無情叱道：「你也不許動！」他知道那名班頭只要一走過去，文張就會借他爲盾，或扣到他來作人質。

班頭一怔，馬上停步。

無情用一種寒怖的語音說：「我的暗器是不會認人的。」

文張剩下的一隻眼睛，一直盯著無情的手，似在估計情勢，又似在觀察搖搖欲墜、臉色蒼白的無情，是否能一擊格殺自己？

兩人隔了半箭之地，對峙著。

兩人的中間，便是賓東成和兩個僕役、兩名捕役，另外還有一捕一僕，倒在地上。

街上的行人，早已走避一空。

文張正在估量著無情。

無情正在設法禁制文張。

一個是不敢冒然發動。

一個是不能發動。

不能發動的似乎暫時占了上風，但能發動的一旦發動，在場無人能擋。

◇◇◇

「放我一馬，日後好相見。」

「你殺人太多，罪不可恕！」

「如果你殺了我，只會惹怒傅相爺還有蔡大人，決不會放過你。」

「你現在抬出誰的名頭，也嚇不倒人。」

「好，你只要讓我離開，我以後退隱林泉，既不從仕，也不重現江湖。」

「你既不出仕，也不出江湖，何不在牢裡償債還孽？」

「無情，你不要逼人太甚。」

「我沒有迫你，是你迫我來逼你。」

「那你要我怎麼辦？你說！」

「束手就擒。」

「逼急了，你未必殺得了我！」

「你不妨試試看。」無情淡淡地道。

然後他就不準備說下去了。

——文張敢不敢真的一試？

無情忽然眼神一亮。

「文張，我給你一個機會。」

他居然轉過身去，把背部對著文張。

「你從後面攻襲我，我一樣能夠射殺你。」

文張手中出汗，全身顫震：

——這個年輕人，竟然會這般看不起他！

——這個殘廢者，居然沒把他瞧在眼裡！

他盯著無情的後頸，望望自己手上的匕首，已有決心一試……

可是卻無信心。

——無情要是無必勝的把握，怎麼敢背對向他，這般狂妄自大？

如果他不把握這個機會，就更加沒有機會了。

——要不要試？

——能不能試？

——試了是生還是死？

文張一生人決定事情，都未遇到這樣子的徬徨過。

他最後決定了出手。

但卻不是向無情出手。

他的目標仍是地上的銅劍。

——無情既敢背對向他，就定有制勝的把握！

——他不向無情下手，只要仍能抓住銅劍爲人質，至少可保不敗。

——萬一無情出手搶救，他也大可縮手，以逃走爲第一要策！

他大吼一聲，向無情撲去，半空一折，折射向銅劍，同時抓住本披在身上的斗篷一旋，成了個最好的護身網！

只要他先掠出一步，他就聽不到那一句話。

聽不到那一句話，局面就不會起那麼大的變化。

「你是誰？快走開，這兒危險！」

這句話是賓東成說的。

賓東成望著文張的背後急叱的。

——也就是說，文張背後有人！

是誰？

九七　殺手鐧

文張當然不相信。

——像這種在重要關頭誘人回頭分心的技倆，他在對敵時至少用過一百次！

不過在他還未掠出去之前，賓東成這一喝，還是使他略爲警惕了一下。

他立即發現在賓東成一叱之際，無情臉上陡現關切之色。

——爲什麼他變色？

——莫非是……

文張頓生警覺，陡收去勢，就在這時，他已猛然察覺厲風撲背而至！

不是一道急風！

而是兩道銳風！

文張已來不及閃躲！

他已沒有退路！

他只有反擊！

這一刹間，他竟然還能夠連下兩道殺手！

一道反擊背後的人！

一道飛襲無情！

因爲他知道，他受狙的這一瞬間，無情必不會輕易放過，定必發出足以讓他致死的攻擊！

所以他要敗中求勝，否則寧可同歸於盡。

◇◇◇

這刹那間的情景，真把賓東成和兩名衙差、兩名僕役驚住。

一位全身艷麗奪目衣飾鮮紅的勁裝女子，披深紅滾黑絨邊披風，掣著雙刀，自文張背後悄悄掩了近去。

賓東成見是個艷美女子，生恐爲這凶徒所趁，忙高呼制止，就在這一呼之後，慘烈的激戰陡然開始。

鮮血飛濺，酷烈的戰鬥又陡然而止。

以文張平時的功力，唐晚詞提刀欺近，總是可以察覺得出來，但文張的心神，全集中在對付無情的身上，而且他受了傷。

一個人若病了，反應自然也不那麼靈敏，同理，一個人受了傷也一樣。

他發現的時候已遲！

這刹那間他的鬥志完全被激發！

他受重傷的左拳，在唐晚詞雙刀砍中他的同一時間擊中了她！

唐晚詞「嚶」的一聲，飛跌尋丈！

血光飛濺，文張胸腰之間陡現血泉！

刀光一閃，文張的刀奪手而出！

無情盡全力一挪身，刀釘入他的左胸！

這瞬間，三人皆重創！

◇◇◇

三人一齊重傷。

一齊踣倒於地。

文張的傷最重。

——重得幾乎難以活命。

但他的神情，卻是奮亢多於痛苦，憬悟多於難受。

他顫著手指，顫著聲音，指著無情吃力著道：「原來……你……真的……不能出手……哈……我幾乎……給你……騙了……」語音裡也不知是奮慨，還是痛悔，抑或是惋惜。

他倉猝遇襲時飛投的一刀，無情竟未能躲得開去。

——現在誰都可以看得出來，無情非旦無法威脅到別人的性命，就算別人威脅到他的性命，他也無保命之能！

文張終於可以肯定了這一點。

他雖然傷重得快要死了，但只要無情不能向他出手，他自信還可以逃生。

——而且還可以殺了無情！

所以他雖在喘氣、忍痛、但仍在笑。

「無情，無情，」他接近吟哦似的道：「無情你終於還是死在我的手上。」

無情冷笑。但他看見唐晚詞飛跌出去的時候，眼睛都紅了。

他捂著胸，血已開始滲透出來。

「你忘了，我還沒有死。」

文張吐著血，緩緩的掙了起來：「但你已不能動手。」

「不錯，」無情略揚一揚手中的簫：「我是不能動手，但我還有它。」

「我現在要是還相信你能發暗器，」文張已經勉強能站得起來，「我就不是人，是豬。」

無情緊緊握著那支簫。

——如果還剩下暗器，就算是一枚，局面就會不一樣。

文張緊緊的盯著他手上的簫。

——究竟簫裡還有沒有暗器？

文張雖然已斷定無情已發不出暗器，如果他能以簫發射暗器，在唐晚詞狙襲他的瞬間，無情便可以置他於死地。

所以無情的簫裡，照理也不可能會有暗器。

反而是他手上的笛子裡，暗藏一件厲害的暗器。

——上天入地、十九神針！

這一蓬針，據說是當年「君臨天下幫」的「上天入地、十九波洵」所共同擁有的一種暗器，第六天，是魔中之王，但還未到分發予各神魔施用之前，韋青青與狄青的勢力，已摧毀了十九波洵。

這種「暗器」，也一直未曾出世。

文張當然不可能無緣無故帶一根笛子出來，笛裡有這最後一道殺手、最後一張保命靈符！

——可是「上天入地、十九神針」從來未正式施用過，誰也不知道威力如何、效果如何。甚至有人傳說，就是因為「上天入地，十九神針」的製作尚未完善，所以「君臨天下，勝者為我」李柳趙才遲遲不把這種絕門暗器交發部屬使用。

李柳趙死而天下幫崩敗、柳五亡、權力幫倒，這套「上天入地、十九神針」也流傳了出去，但有沒有傳說中「驚天地，泣鬼神，魔針出而人辟易」之威，連文張自己也不知道。

他連自己也不曾用過。

這是他兒子文雪岸在奇逢巧遇中奪得的暗器，送給老父作緊急之用，文張一向都是要別人的命，很少要自己拚命，所以從未用過。

——今天難免要用上了。

◇◇◇

無情一看到他的神色，就覺得很絕望。

因爲他馬上感覺到，重傷浴血的文張，必定還有一著殺手鐧。

而且「殺手鐧」極可能就藏在他的鐵笛裡。

——既然自己簫中可藏暗器，文張笛裡又何嘗沒有「殺手鐧」？

要是在平時，文張的殺著必定巧妙掩藏，但他此刻已受了重傷，很多事就無法掩飾得天衣無縫。

所以無情一眼就看得出來。

可是，有些事，看得太清楚卻容易太痛楚，太清醒往往不一定是件好事。

偏偏無情的觀察力強，一眼就看出來：文張仍有「殺手鐧」——這個「觀察」使無情接近崩潰、絕望。

——沒想到竟要死在文張的手上！

——而且還要累了二娘和銅劍送命！

他這樣想著的時候，看得出來文張正在設法用語言來引開他的注意力，而手指正按向鐵笛上的機簧。

他甚至可以瞧得出來，那鐵笛其中一個簧括，並不是笛孔，而是簧括。

他都看得出來，可是偏偏就是無法閃躲。

這樣子的送命，著實教他死不甘心。

◇◇◇

死不甘心又怎樣？

世界上有很多人不甘心死，但仍得死；世上有很多人不願意敗，但仍得敗。

因爲敗得不服氣，輸得不甘心，所以才有人怨命、推諉運氣：我不幸，才會落敗。

但是世上有多少人成功了之後，都不認爲自己因幸運致有所成就，而都說自己奮鬥得來的成果？

故此，難怪失敗的人，特別容易迷信；失意的人更相信是命。

◇◇◇

文張的中指已觸及鐵笛機括的按鈕。

但他沒有馬上按下去。

——救命的法寶，是拿來救命的。

——不到最後關頭，把救命活寶用盡，一旦到生死存亡之際，恐怕就要束手待斃。

他笛中的魔針，一按即發。

人卻迅雷般掠往唐晚詞。

——唐二娘中了他一拳，決不致命，因爲他左手重創之下，殺傷人決不如前，她不久就能掙扎起來，他必須在她未緩得一口氣前殺了她！

——而且他掠向唐晚詞，無疑等於跟無情拉遠了距離，就算無情手上簫中還有暗器，也更不易傷得著他！

文張無論做什麼事，都先求穩，再求功。

就算受了接近摧毀了他的重創也不會例外！

◇◇◇

可是他掠到一半，忽然頓住。

因為一匹快馬，已從長街急轉入街裡！

只要他一意撲向唐晚詞，就要跟這匹駿馬撞在一起。

文張當然不想「撞馬」，就算在平時，一個人跟一匹馬對撞，也甚為不利，更何況他現在還受了重傷？

他立即飛降下來。

快騎也陡然停住。

馬如去矢，不能驟止，但能把疾騎一勒而止的腕力，敢有千鈞？

但從馬上落下來的人，卻是一個瘦子。

這個人，瘦得只像一道長條的影子，如果不是他身上穿著厚厚的毛裘，把身子裹得像隻箭豬一般，恐怕連風都可以把他吹走十里八里。

◇◇◇

這個人，一下馬，就咳嗽，兩道陰火般的眼神，凝在唐晚詞身上不移。

他沒有看文張。

也沒有看無情。

看也不看一眼。

他只看唐晚詞。

他背向文張，走向唐晚詞，一步一咳嗽，半步半維艱。

他開步時，手掌遙向馬臀一拍，馬作希嘽嘽一聲長嘶，碎步踏去。

這時，這條街衖上除了倒在地上的三個人：唐晚詞、銅劍、無情和一個衙差、一僕役，以及站著的兩個人：文張和剛騎馬趕來的瘦漢之外，就只剩下賓東成及兩個官差、兩名僕人。

長街落落。
咳聲淒淒。
馬依依。

◇◇◇◇◇◇

無情的眼睛亮了，但卻不明白。
一個人絕望的時候眼睛只會黯淡，不會發亮的，故此，相學中主要看人的眼神，便是因爲眼睛最難掩飾心中的感受。
無情的眼亮了，是因爲來的是他的朋友。
雷捲。
但他卻不明白雷捲爲甚麼會出現在這裡。
——他沒有走？
——還是走了又回來？
——他怎麼知道我們途中會出事？

——戚少商呢？莫非是他們赴易水的途中有了甚麼意外？

◇◇◇

文張沒料到會有這個變化。

他的心往下沉，他要在他的心未沉到底時，作出一個挽救自己往無望處沉的拚命！

一個人在絕望的時候，只要還敢一拚、還能一拚，說不定就會重新有了希望，所以古語有云「哀兵必勝」，哀兵雖不一定能勝，但在天時、地利、人和下很可能會成爲一支雄兵，只要破釜沉舟的「背水一戰」，往往能反敗爲勝。

他長空掠出。

他撲的不是唐晚詞。

他掠向無情。

——殺了無情、少一勁敵！

——制住無情，可以保命！

他的身形才動，雷捲似背後長了眼睛，身子立即彈起！

他身輕裘厚，急若星丸，文張大喝一聲，身形疾往下沉！

下面是銅劍！

——來不及制住無情，抓住銅劍也一樣！

他的身形甫沉，雷捲已到了他身後。

文張要爭取時間。

這是他生死存亡的一瞬。

他的鐵笛一揚，「上天入地、十九神針」已噴發出去！

然後他向前一衝，伸手一探，抓向銅劍的後頸！

前十後九，十九支無形無色幾近透明的針，連射雷捲十九處死穴！

針在前發，但有些針卻已無聲無息的襲向雷捲的後身！

雷捲忽然整個人都縮進了毛裘裡！

十九支針，全射入裘內。

雷捲自裘下滾了出來，一指戳中文張後心！

文張大叫一聲，已拿住銅劍後頸。

雷捲還想再攻，但背後急風陡起！

只聽無情振聲急呼：「捲哥，小心！」

雷捲全神對付文張，要避已來不及，裹身毛裘亦已離體，背後硬吃一擊，嘴角濺血，但他霍然回身，一指戳中後面暗算者的胸前！

那女子跌了出去，卻正是手執鐵尺的英綠荷！

九八　希望與失望

雷捲點倒了英綠荷，同一瞬間，文張也一腳踹中他的腰眼。

雷捲藉勢飛了出去，跌在唐晚詞的身邊。

這一瞬間，場中發生了許多事：

英綠荷忽然自街角掩撲而至，奪去一根鐵尺。文張撲向無情，轉攫銅劍，雷捲一指戳中了他，卻被英綠荷所傷。雷捲反擊，英綠荷跌到無情身邊。文張飛踢，雷捲跌在唐晚詞身旁。

場中只剩下文張，拑制住銅劍，搖搖欲墜，像是秋風中最後一片殘葉。

唐晚詞悠悠轉醒。

但她幾次勉力，都站不起來。

文張那負痛的一擊蘊有「大韋陀杵」和「少林金剛拳」之巨勁，若不是唐晚詞砍中他在先，而且他左臂左眼均負重創，文張這一拳肯定足以要了她的命。

她哼哎一聲，甦醒的時候，發現除了文張之外，人人都倒了下去，她想設法爬起來。

可是她太虛弱。

胸口太疼。

有些時候，你急想要做成的事情卻偏偏無法做到，你除了急以外，也真是無法可施。

她更急的是發現英綠荷正慢慢的力掙而起。

這個發現使唐晚詞更急得非同小可。

她也立即察覺到：自己的方法不對。

急不是辦法。

她馬上運氣調息，想強聚一點元氣，希望能夠應付當前的危局。

英綠荷能夠掙得起來，是因爲她那一根鐵尺，先擊中雷捲的「至陽穴」，雷捲才回身點中她的「中脘穴」的。

雷捲因爲全神貫注在對付文張的「上天入地、十九神針」上，才著了她這一擊。

任何人的「至陽穴」被重擊，都難以活命，但雷捲體內煩纏著十數種病、十數種傷，以致使他身上的幾個要穴，都稍微移了穴位。

而且特別能熬得起打擊與痛楚。

——一個長期受苦的人，總是比一般人能受苦，因爲他早已把受苦習以爲常。

——平常人禁受不了忽然而來的痛苦，其實不一定是因爲痛苦過甚，而是因爲一時不能習慣。

——這正如常年大魚大肉的人，忽然叫他吃幾天素，他會覺得口裡「淡出個鳥來」，但對常年吃齋的修行者而言，這幾天素能算得上是甚麼？

——又像一個自由自在慣了的人，忽然被囚禁了幾天，便覺得十分難受，但對長年受禁錮的人而言，這幾天的不能自由，實在「不足掛齒」。

所以雷捲能在受襲之後，還能反擊。

他點倒了英綠荷。

他點倒了英綠荷之後，自己也支持不住。

——「至陽穴」上的一擊，畢竟非同小可。

雷捲只覺真氣逆走，血氣翻動，元氣浮湧，只覺喉頭一甜、哇地吐了一口血，栽倒於地。

他在匆忙中發指，是因爲知道在自己倒下之前，決不能讓敵人仍繼續站得起來：

現在這個局面，分明是誰站得起來誰就能活下去。

——反過來說，倒下去就等於死。

可惜他在穴道被封制之後的一指，戳歪了一點，只捺在英綠荷的「上脘穴」與「中脘穴」之間。

英綠荷只閉了一閉氣，仍舊站了起來。

雷捲那一指雖未「正中要害」，但對英綠荷而言，已經夠受的了。

她本來從倒灶子崗逃得性命，先到七、八里外的思恩鎭落腳，心裡剛發誓不再跟官方「賣命」——因爲她真的差點送了性命！

她一到思恩鎭，忽然想起劉獨峰和戚少商曾在此地住過，這地方想必有「劉捕神」和「戚寨主」的「朋友」。

——不能在此地停留！

所以她立即在客店裡奪了一匹馬，往貓耳鄉方向逃。

結果，她路過市肆，便聽到人們爭相走避，並驚傳著有人在銅牛巷中殺人的事：

「那個雙腳殘廢的年輕人可慘了，怎是人家的對手哇！」

「那個凶神惡煞也不好過，你看不見他肩上冒著血，眼眶兒一個血洞嗎？」

「我看那殘廢的還是鬥不過瞎眼的，那殘廢的兒子，還挾持在獨眼惡人手中呢！」

「可憐，那被挾持的可憐孩子，還是個幼童哩！」

「不怕，賓老爺子和鄧老二、甫班頭他們都到了，還怕那毀掉克老闆簾帳子的獨眼鬼作惡不成？」

「你說得倒輕鬆！你剛才沒瞧見嗎？何小七一向都對我們誇武炫狠，但給他獨眼惡鬼一動手就放倒了，我看情形啊，大事不妙嘍！」

「我們在這兒耗甚麼的，還不去報官！」

「對！多叫些官爺來，或許合力就能把那獨眼鬼收拾了！」

「那還不到衙裡去，在這兒磨嘴就磨個卵來!?」

這幾個行人邊聒嚷著邊奪路而走，英綠荷一聽之下，猜料了七、八成，大概是文張與無情的對決直纏戰到這兒，而且看來還是文張占了上風。

英綠荷一路上正感徬徨，師父既逝，同門亦死，茫茫然無處可投奔，現聽聞文張又制住大局，便想過去討功，順便報仇雪恥。

這一動念，便趕去肇事現場。

她到的時候，棄馬而用輕功躥上附近的屋脊，剛好看見唐晚詞砍著了文張，而文張連傷唐二娘、無情兩人，大局已定，不料雷捲又策馬趕至。

英綠荷估量局勢，覺得絕對有勝算，便悄悄的掩撲過去，奪下一名衙役手上的鐵尺，趁雷捲搶攻文張之際，突襲他的背後。

結果便是如此。

雷捲倒地。

她也受了傷。

重傷。

傷得再重，也得起來。

就像一個人的事業，崩潰得再徹底，也得要重建。

不能重建，這個人的一生便完了。

一個人寧可死了，也不能完了。

一個人完了的時候，通常也不會再有金錢和朋友，甚至連愛人和親人，都會消失。

一個人死了，不一定什麼都沒有，至少，他還可能有名譽、有地位、有人永遠的懷念他。

所以，完了的人比死了更可悲。

但完了的人畢竟不等於死了。

完了的人一天沒死，仍然可以再起。

正如受傷的人並不等於死。

只要不死，就有復元的機會。

——就有讓死的不是自己、而是敵人的機會。

英綠荷雖然傷重，但仍掙扎而起。

她心裡又在後悔。

後悔爲何又忍不住來參加這場很可能送掉性命的廝鬥——至少，她現在傷勢又加重了數倍！

可是現在已沒有她後悔的餘地。

她一定要在這些人還未來得及恢復前出手把他們全部除掉。

◇◇◇◇◇◇

她第一個要殺的，就是無情。

因爲她知道他最難應付。

只要先殺掉他，大局可定。

她掙扎到無情身邊，嘴角已溢出了鮮血。

她湊近端詳無情：「你很俊。」她嘆了一聲道，「可惜我非殺你不可。」

語音一頓，鐵尺往無情頭頂的「天通穴」就要砸下去。

無情忽道：「等一等。」

英綠荷趨近無情，問：「你還有什麼遺言？」

無情道：「妳錯了。」

英綠荷笑了：「我錯了？」

無情一字一句的道：「死的是妳，不是我！」

說到最後一個「我」字時，「咻」的一聲，一道白光，釘入英綠荷的印堂之間！

英綠荷一呆。

暗器已命中。

暗器是自無情嘴裡疾射出來的。

——嘴裡藏有暗器，也是無情的殺手鐧，但因他功力不足，只能近距離下傷人。

文張一直跟他保持距離，慎加提防，這使他一直都用不上這一道殺手。

英綠荷掉以輕心，靠得如此接近，這一下，便幾乎要了她的命！

◇◇◇

英綠荷仍舉起了鐵尺。

她竭力想在失去最後一點力量前，擊殺無情。

無情也盡了最後一點元氣，連避都避不開去了。

就在這時，賓東成大步走了過來，一手奪下了英綠荷手上的鐵尺。

——這些武林好手倒的倒、傷的傷、死的死，總而言之，都失去了戰鬥力，賓東成和這幾名衙役、僕從，反而變成了舉足輕重，以定成敗的人物。

其實，如果這千百年來，武林中人如果不是互相仇殺、又提防別人加害把絕藝私藏不授，又何致日後武林還不如儒林盛？而且，武學日漸式微，能夠流傳下來的都只是些微末伎倆，只遭人白眼看不起！

「文無第一，武無第二」，自古文人相輕，但文人畢竟最多只能口誅筆伐，要是文人也跟武人一般動刀動槍，老早在七百年前就半個不剩了。

因爲文人一向比武人更不能容納異已。

就算他們很少動刀動槍，但動輒大興文字獄，以筆墨殺人的數量，只怕絕對不比武人少。

這些自歷代劫難後還能從青史的火焰中走出來的書生，也不知是天幸，還是民族之幸，抑或是他個人之幸？

現在場中只剩下了文張。

那兩名衙役和兩名僕役，包圍著他，但誰都不敢上前。

文張仍令人感到驚心動魄。

而且銅劍還在他的手上。

他隨時都可以先殺了銅劍。

就算他馬上要死了，他也可以抓銅劍陪他一塊兒死。

——這種事情，文張絕對敢做，而且在做的時候，絕對連眉頭也不皺上一皺。

◇◇◇

「我隨時都可以殺掉這個小孩，」文張遙向無情道，「就算我就要死了，我殺不了你們，但要殺他，還是易如反掌的事。」

無情點頭：「我相信。」

文張一面咳一面吐血，苦笑道：「你猜我會不會這樣做？」

無情靜了半晌，才道：「你不會。」

文張笑得更淒涼，加上他全身浴血，簡直淒厲：「爲什麼？」

無情深吸一口氣道：「他還是個小孩。」

文張慘笑道：「你以爲我這種人，連小孩子都不敢殺麼？」他痛得全身都在顫抖，「合計起來，老太婆和襁褓中的嬰孩，我至少殺了十個八個，再殺十個八個，也不算是甚麼回事。」

無情眼中已有懼色。

「何況，」文張雖然傷重，但看去猶十分清醒，「我殺了他，你一定會痛苦終生，能讓自己的仇敵痛苦終生，當然是件快事。」

無情道：「你殺了他，這街上只要能動手的人，都不會讓你活下去！」

「說得好，」文張咯血笑道，「可惜卻騙不倒我。」

他笑著用被血濕透的衣衫揩去嘴邊的血：「你看我這樣吐血法，還能活得過下個時辰麼？」他手上一用力，銅劍雖叫不出聲，但臉上五官都痛苦的擠在一起，「我反正都要死了，多殺一個兩個又有甚麼關係？」

無情忽掏出「平亂玦」，大聲道：「我是御賜『天下四大名捕』中的成崖餘，這人一旦要殺手上小孩，你們立即將之格殺當堂！」

賓東成和衙役吃了一驚，但都應道：「是！」

「沒有用的，」文張道，「他們或許能殺死我，但我已殺了你的愛僮，你又能奈我何？」

無情額上的汗珠愈來愈密。

「除非你答應我一件事，」文張全身一陣擂動，才吐出了這一句話。

「你說。」無情忙道。

「我死後，你把我的棺木運回我家裡，告訴我的孩子雪岸，把兇手的名字一一告訴他，一個也不准隱瞞，並叫他要為我報仇，你要是答應，我便放了他！」文張一口氣說。

無情一怔：「你相信我？」

文張道：「只要你答應，我便信。」

無情知事態緊急，隻字逐句的道：「我答應你。」

文張哈哈大笑，道：「好，無情說的話，就算是敵人，也一樣信之不疑。」

無情冷冷地道：「你不必激我，我答應過的事，一定做到。」

文張喃喃地道：「很好，很好，」眼光愈來愈失神，用一種低沉得幾乎只有他自己聽見的語音道，「有人替我報仇了。我還殺他幹甚麼！我的孩兒會替我報仇，我還殺個孩子幹甚麼！」

說著，忽然把銅劍甩了出去。

但他元氣已近耗盡，這一甩不過把銅劍扔出三、四尺遠，就栽倒於地。

文張一陣搖幌，忽大笑三聲，一拳反擊在自己的咽喉上。

然後他便仰天而倒，再也無法起來。

無情望著他的屍體，用一種堅決的語音喃喃地道：「你放心去吧。我一定會告訴你的兒子，是我殺死你的。」

◇◇◇

銅劍算是撿回了一條命。

隔了好半天，無情總算才有氣力問剛轉醒過來的雷捲：「你怎麼會倒回來這裡？」

「你不是遣長斧漢飛騎來叫我回援的嗎？」雷捲驚疑地道：「少商便叫我回來走一趟再說。」

他們攪了半天，總算才猜測出來：戚少商知道雷捲放心不下唐晚詞，但又不肯徇私回顧，便設計要赫連春水那位使長斧的近身僕人自後頭趕上來走報，說是無情一行人等遇急，要雷捲急援，讓雷捲能有機會跟唐二娘再在一起。

戚少商這樣設計，當然是出自一片苦心。

可是他萬未料到，如果雷捲未及回援，無情、唐晚詞都真的要命喪貓耳鄉了。

——這是天意，多於人爲。

——天意永遠要比人爲更巧妙。

無情和雷捲及唐晚詞都衷心感謝戚少商。

但這時候已不及再赴易水北八仙台，現在最急需要的，還是赴京爲「連雲寨」翻案。

這才是一切的根本。

他們雖然都負傷不輕，但仍晝夜兼程，與郗舜才及三劍僮，趕赴京師。

趕赴一個希望。

人有希望，才會有失望。

——無情他們這次的希望，到底會不會失望？

九九　單雲雙燭三奇四山

殷乘風、鐵手、息大娘、赫連春水、喜來錦、唐肯、勇成、十一郎與龔翠環等，在「祕岩洞」裡躲著避難，一避就避了十五天。

這十五天裡，外面風聲鶴唳，到處聽說有官兵在排搜這一股「悍匪」，但畢竟搜不到「祕岩洞」來。

除了「天棄四叟」及幾名親信之外，誰也不知道在易水之濱的風化岩叢裡，會有這麼一個隱祕、深邃而沓雜的天然洞穴。

其實也不止是一個洞穴，「祕岩洞」是由十幾個天然洞穴連接在一起而形成的，其中有幾個洞壁，是經開鑿掘通的，甚至炸開山壁，將幾個洞穴連接起來，在昔年以作巢穴用，足可對抗官兵剿殲，而今卻成了「連雲寨」、「毀諾城」「青天寨」、「赫連將軍府」，還有高雞血、韋鴨毛的部屬、思恩鎮衙差、神威鏢局的鏢頭避難之所。

除了這一群原本已聚在一起的人手之外，意外的又聚合了十幾個「連雲寨」

的子弟。

這十幾名「連雲寨」弟子，有的是從死裡逃生，隱姓埋名，流落江湖，有的是虛與委蛇、假意屈從，但趁顧惜朝狼狽於奔撲追殺戚少商之際，趁機起哄，不單暗下逃離連雲寨的軍伍，還私下放走了不少誓不肯降、飽受折磨的同僚，三五成伙，聚伙成群，就是不肯與官兵及顧惜朝同流合污。

其中五隊人馬，聞說「毀諾城」不計前隙，收納了「連雲寨」的殘兵、而「江南雷門」的人又戮力相助，正大喜過望，有意投奔，不料又聞「毀諾城」被攻陷，連雷門的人也傷亡殆盡，但得赫連將軍後人鼎力相助，以及綠林道上的「雞血鴨毛」的仗義趕援，一眾人等逃入易水蒼寒的「青天寨」去。

連雲寨的忠心弟子又想過去投奔，但旋即又聞南寨被官兵所破，息大娘等強渡易水，不知所蹤，官兵更召集兵馬，全力搜捕。這樣一波三折，許多本有雄心壯志，誓死追隨戚寨主效命的熱血好漢們，心裡熱血已冷卻大半，其中一隊人馬打消念頭，自立山頭，兩隊人馬按兵不動，先觀察形勢再說，只剩下兩隊兵馬，知道情勢危急，便也渡易水四處明查暗訪，留下暗記，希望能助舊故一臂之力。

「天棄四叟」原本也是聚嘯爲盜，跟「連雲寨」老當家勞穴光原有交往，連雲寨舊將赴海府打探，吳雙燭心熱，一面張羅留住來人，一面暗遣人去把息大娘及一些連雲寨劫後餘生的殘眾叫來，這一來，大家喜相逢，一起回到「祕岩洞」

共商大計。

同一種情形下，「毀諾城」之劫裡逃得性命的女弟子們，也和息大娘重聚於「祕岩洞」內。

群俠在岩洞裡，自不敢胡亂出來走動，只在岩洞四周堅密把守，而糧食方面，由吳雙燭全面接應，至於水源方面，因易水暗流的地下水道流過岩洞的一處窪地，故絕不需多費周章。

所以群俠安份守己，忍苦養傷，平平安安的住了一十五天。

十五天以後呢？

◇◇◇

人生裡有許多事是常事與願違的。

當你企求平安的時候，必定得不到平安，所以才會特別希望平安：只要人能平安，一切功名利祿，都變得無足輕重了。

可是，當你獲得平安的時候，又會覺得僅僅「平安」是何等枯燥乏味，甚至要祈求大風大浪，要往富貴功名的千丈波濤萬重浪裡闖，彷彿這才叫做過癮，這才算是人生。

人生就是這麼矛盾。

當你祈求那件事物時，你必定還沒有那樣東西，或已經失去了它。

也許人生只是一個大矛盾，交織著許許多多的小矛盾。

海托山也有矛盾。

他心裡既想幫助這一群「亡命之徒」，但又怕招禍於朝廷。

可是，他有欠赫連樂吾的恩情，理當感恩圖報，何況，以武林同道之義，他更不能對這一群前來「投靠托庇」的人置之不理。

不過他更不想與蔡京、傅宗書派系為敵。

他可是左右為難，彷徨無計之下，只好見一步走一步。

赫連春水也未嘗沒有矛盾。

他知道自己這一干人非要暫時受庇於海托山不可，但是，他也亟不欲連累「天棄四叟」。

——外面搜尋得正是如火如荼，如果貿然離開，只有更糟。

所以赫連春水也只好暫時按兵不動。

他只希望有朝一日，能夠報答「鬼王神叟」。

雖然他也心裡明白，這「有朝一日」，是非常渺茫的，因爲他現在不僅是與黃金鱗爲敵、與顧惜朝爲敵、與文張爲敵，還與丞相爲敵，與皇上爲敵，甚至與自己父親爲敵！

——這後果是不堪想像的。

◇◇◇

赫連春水不忘把自己心中的謝意說出來，海托山忙請他「些許小事，同道中人理所當爲，不必掛齒」，但另一方面也詳加探詢，究竟朝中局勢如何？這件事最終如何解決？可有人調解此事？

那是在第十六日頭上，赫連春水與鐵手喬裝打扮後出洞，到海府去會合吳雙燭，運糧回「祕岩洞」時，跟海托山敘談了起來。

赫連春水和鐵手大都照實回答。

他們不是不知遮瞞，而是不想欺騙朋友。

——欺騙一個真正誠心幫忙自己的朋友，是一件相當無恥的事。

有些時候，朋友明知你欺騙了他，但仍容讓你、忍讓你、不忍揭破你，但你卻沾沾自喜、自以為聰明得能隻手遮天，這是何等難堪的事。

偏偏人類常常喜歡做這種事。

◇◇◇

鐵手與赫連春水當然不願做這種事。

以誠見誠。

以仁見仁。

這是他們一貫處事的原則。

所以他們自海府併肩走出來的時候，心頭都有些沉重，眉頭都緊鎖不開。

因為他們察覺海托山神色有點令人不安。

那樣子十足是心事重重、疑慮不安、勉強敷衍、強展笑顏的最好寫照。

海托山處事雖有魄力，用人也有魄力處，但畢竟是老粗，這種掩顏飾容的事，要以老官場和戲子最能勝任，決輪不到他。

「你覺得怎樣？」在走出海府的時候，赫連春水向鐵手問道。

通常這樣問的時候，已經是有「覺得怎樣」的事情發生了。

鐵手一笑道：「很不高興。」

赫連春水奇道：「你？」

鐵手低聲道：「這兒豈有我們不高興的份兒？」

赫連春水道：「海神叟？」

鐵手沉聲道：「巴三爺子。」

赫連春水「哦」了一聲。

鐵手道：「你沒見他站在一旁，無論怎樣擠出笑容和說客氣話，眼中所流露出來的都是很不高興的神情嗎？」

赫連春水道：「我倒沒注意。」

鐵手道：「他們不高興也是合理，數百名『逃犯』，一住就是半月，他們為我們擔驚受怕，出錢出力，沒有理由毫無尤怨的。」

赫連春水道：「我倒只注意到一個人。」

鐵手道：「誰？」

赫連春水道：「吳二爺。」

鐵手道：「他？」

赫連春水道：「真正爲我們的事而忙壞了的是他，偏偏他活像應份的事兒，一點不耐煩也看不出來。」他笑了一笑道：「也許只是我看不出來。」

鐵手道：「我也看不出來。」

赫連春水嘲揶的道：「這件事，我們都看不出來，反而是好事。」

鐵手也微笑道：「所以說，一個人看清楚太多事情，反而不是好事。」

赫連春水想了想，道：「至少，他自己便很不容易得到快樂。」

鐵手道：「知道太多事情的人也一樣。」

兩人說著說著，已行出海府，在大門前，正要翻身上馬，忽見一頂轎子，正要在海府門前停下來。

只見守在門口的管事和家丁，一見這轎子來到，都迎了出去，喜道：「大老爺回來了。」

「快稟告老爺。」

「是。」

鐵手和赫連知道是「天棄四叟」裡的老大劉單雲回來了，正想要和他照面招呼，沒料那簾子掀到一半。那掀簾的手突然一頓。

轎裡的人只露出了下半身，穿著灰布白點齊膝半短闊袖衫，腳綁倒滾浪花呑紮皮，鐵手怔了一怔，那人把手一放，「嗖」的一聲，布簾又落了下來。

只聽轎子裡的人沉聲道：「抬我進去。」

抬轎的人都為之一怔，但依命把轎子抬進府裡去。

抬轎入府，這種情形當然不甚尋常，更何況轎裡是個男子，而不是女眷。

不但家丁們面面相顧，不知因何這次大老爺要發這麼大的脾氣，連鐵手和赫連春水也莫名其妙，不得要領而去。

別說鐵手與赫連春水不明白，連海托山和巴三奇匆匆出迎的時候，只見一頂轎子晃了進來，也都一頭霧水，不知劉老大此舉何意？

◇◇◇

劉單雲的用意很簡單。

他生氣。

他幾乎是一把揪住巴三奇，喝問道：「你們有幾顆腦袋？竟敢窩藏這幾個朝廷要犯!?」

他不敢去揪海托山，因為論年齡他雖然是老大，但論武功他還不如老四，而且，若論權勢他更不能與海老四相提並論。

所以他才去參加圍剿青天寨之役。

——在武林中的地位不如人，在海府的實力也遜於人，只想討回個軍功，至少可讓人刮目相看！

——卻沒想到自己和軍隊千辛萬苦、追尋不獲的「逃犯」，竟有兩個出現在自己的地頭上！

劉單雲簡直要暴跳如雷。

他雖不甘屈於人後，但對這三名結義多年的老兄弟，還不忍心眼見他們辛苦建立的成果毀於一旦，也成了「黑人」。

◇◇◇

巴三奇嚇得手腳亂揮，忙道：「不管我事！是吳老二和四弟的意思。」

劉單雲轉首問海托山：「老四，可真是你的主意？」

海托山嘆了一口氣，道：「我也有逼不得已的苦衷，大哥放手再作計議。」

劉單雲對海托山的話還不敢不聽，當下鬆開了手指，只罵巴三奇道：「你是怎麼管事的！我才去了大半月，你怎不幫四弟分憂解勞、拿拿主意，鬧出了這種隨時都要滿門抄斬的事情來！」

巴三奇青了面色，只苦著臉分辯道：「我勸了呀，但是……二哥一力主張，要留住這干人啊！」

劉單雲氣咻咻的道：「哼，老二，老二懂個什麼！」

海托山見劉單雲如此激動，便試探著問：「這樁案子，鬧得很大麼？究竟可不可以消得了？」

劉單雲跺足道：「老四，這些天來你沒到外面去，所以不曉得，這是天大案子呢，這些人已大禍臨頭，一輩子都翻不了身哪！」

海托山驚疑不定地道：「那麼，前些時候，衙道下檄，要我們派幹員剿匪，難道……？」

劉單雲道：「便是殲滅南寨！」

海托山嚇了一跳：「你跟他們動過手？」

劉單雲道：「連那姓鐵的，我也跟他對過了。」

海托山道：「你進來的時候，跟他們朝過相了？」這句話問得十分凝重，因為劉單雲跟鐵手既然交過手，萬一給鐵手等人先行警覺，以為圈套，不顧道義，先行反撲，如不及早布防，就要措手不及了。

劉單雲道：「當然沒有，所以我才要坐在轎子裡進來。」

海托山輕吁一口氣，道：「這還好些。」

劉單雲道：「可是，大患一日不除，決沒有好些的事，而且，如能替傅相爺除此大患，日後自有的是前程。」

海托山猶豫道：「可是，赫連將軍待我們一向不薄啊。」

巴三奇趕忙替劉單雲呼應道：「可是傅相爺更得罪不起啊。」

海托山遲疑地道：「但諸葛先生的弟子鐵二爺也來臂助他們，我們這麼做，豈不是與諸葛爲敵？」

劉單雲道：「諸葛先生在朝中已日益失勢，沒有實權，看來也泥菩薩過江，自身難保了，鐵游夏正受朝廷通緝，關於這點，已不必顧慮。」

海托山道：「可是……」

劉單雲沉聲道：「還可是什麼？再猶疑不決，只怕官兵把我們也列入捕剿名單上，那時可誰都不能全身保命了。」

海托山目光銳氣一盛，決然道：「好——」

忽聽一人厲聲道：「不行！」

人隨聲到：「以俠義道，咱們決不能趁人之危，作這種不義之事！」

稿於一九八五年十月二十六日
紅芳家中與應鐘、衍澤、小華等暢敍
校於一九九〇年七月十五日
完成各位「親愛的父老叔伯兄弟姐妹們」一書

一〇〇 福如東海，壽比南山

劉單雲竟堆起了笑臉：「老二，我正要找你商議，你到哪兒去了？」原來劉單雲知道這吳老二一向寡言木訥，但性子極爲執拗，而且一旦發作，脾氣要比自己還大，不宜正面向他衝撞。

吳雙燭冷冷沉沉地道：「我去給鐵二爺他們送糧食去。」

劉單雲忍不住臉色一變：「什麼？我們還養下他們——！」強自將話壓下，只問：「他們來了多少人？」

吳雙燭道：「陸陸續續前後來了近三百人，你要怎地？」

劉單雲幾乎跳了起來，呻吟地道：「三百人!?哼！嘿！嘿你們真要……赫，造反不成!?」

吳雙燭道：「你投靠朝廷邀功，我可並不！」

海托山掩咀輕咳一聲，道：「二哥，我看這事，宜從頭計議，不如……」

吳雙燭叱道：「計議什麼？不是議定了麼？要幫人，就幫徹！而今才來抽手，到處都伏了官兵，教他們往哪裡逃命去？此事決不能有變！若我們出乎爾、反乎爾，江湖上豈有我們立足之地！」

海托山給他一番申斥，登時話都說不下去。

巴三奇忙陪笑道：「依我看，二哥，咱們不如把這件事儘向官府據實詳報，由他們自行處置——」

吳雙燭冷冷地道：「隨你的便！」

巴三奇萬未料到吳雙燭如此好說話，喜出望外，當下喜道：「好極了，官府怎麼處理，可不干我們的事！」他並不求升官發財，只是享慣了福，有三個老婆七個小妾廿三名兒女，加上滿堂孫侄，當然不想再過當年刀頭舐血、天涯亡命的歲月，所以見赫連春水等人來投靠，頭一個心裡不悅的就是他。

吳雙燭道：「老三。」

巴三奇愣了一愣，「二哥？」

吳雙燭站開步樁，神情凜然，道：「動手吧！」

巴三奇大吃一驚：「你怎麼了？」「天棄四叟」中，要算吳雙燭武功最高，只有海托山才能勉強跟他能扯個平手。

吳雙燭道：「你膽小怕事，要賣友求榮，要作這種宵小之事，先得把我殺了！」

巴三奇變了臉色，只頓足道：「二哥，這，這！你打哪兒的話呀！」

海托山見要僵了，忙勸阻道：「自己老兄弟，爲這點小事要動手，快別這樣鬧了！」

劉單雲忽斥道：「老三，這就是你的不是了！」

巴三奇聽到劉單雲一開口，本以爲是劉單雲要支持他，心忖：有老大一齊聯手，還怕制不住這獃老二不成？沒料老大一開口即指陳自己的不是，一時噎住喉，說不出話來。

劉單雲道：「咱們是俠義中人，怎可作卑鄙無恥之事？老二說得有理，咱們決不能教江湖好漢小覷了！」

吳雙燭繃緊的臉容這才鬆馳了下來，道：「老大，你也有好久不講人話了！我以爲當年豪氣，盡皆消磨殆盡啦！」

劉單雲笑道：「我豈是壯志全消之人？」

吳雙燭臉上也有了笑容：「說真的，顧惜朝叛起連雲寨，已是武林同道皆唾棄的事情，而官府逼害我輩中人，連滅『連雲寨』、『毀諾城』、『青天寨』幾個綠林重鎮，難保他日不連我們也動上主意，咱們若助紂爲虐，定必殆害無窮。」

劉單雲嘆道：「老二言之有理，說真的，我覺得自己不配做大哥，老大該由你來當才是！」

吳雙燭喫了一驚，忙道：「大哥怎有這種想法！」

劉單雲垂首無精打采地道：「我的話你向不遵從，而意見常比我高明，我這個老大還當來作什麼？」

吳雙燭趨前惶愧地道：「大哥萬勿這樣說，這慚煞小弟了！我說話沒有分寸，不知檢點……」

劉單雲淡淡地笑道：「你言重了。你跟俠道上朋友相處，何等融洽，怎會不知分寸、不識進退呢！再說，我的武功也遠不如你……」

吳雙燭聽得一陣悚然，忙按著劉單雲雙手，急切地道：「老大，你這樣說，是不把老二當兄弟了？」

劉單雲忽抬頭道：「當！」

倏地出手，連封吳雙燭身上七大要穴。

吳雙燭愕了一愕，眼中出現了忿恨之色，然後慢慢栽倒下去。

海托山大驚，忙趨前道：「不可！自己兄弟，怎可——」

劉單雲看著軟倒於地的吳雙燭道：「就是因爲你是自己兄弟，所以我才點倒你，免得你自惹殺身之禍！等把事情處理妥當，再來放你，那時候，說不定你會感激老大一輩子！」

海托山見劉單雲並非真要施辣手，這才放了心，止步站在一旁觀察局勢，只聽劉單雲又道：「你記住了，我之所以能當你們老大，不是因爲我有俠名，不是因爲我武功比你強，而是我比你懂得順應時勢，比你奸！」

巴三奇這才明白劉單雲的用意。

劉單雲轉過頭來，向海托山道：「老二決不能放了，這幾天暫找幾名親信服侍他，待收拾了那干亡命之徒後，才讓他活動。」

海托山還是有些舉棋不定。

劉單雲不耐煩地道：「老四，你也別窮耗了，這是生死關頭，別教人累了你全副家當、一家大小！」

海托山這才下了決心：「我們該怎麼做？」

劉單雲瞇著虎眼，道：「橫也是幹，豎也是幹，要討小功，不如邀個大功。」

巴三奇道：「大哥的意思——？」

劉單雲忽道：「他們是不是最信任老二？」

巴三奇道：「這些天來，都是老二接待他們，當然是最信他了。」

劉單雲呵呵笑道：「對呀，老二也快五十大壽了罷？」

海托山想了想，道：「不對呀，他的生日剛剛才過了不到三個月——」

劉單雲忽截道：「那有什麼關係？我要他生日，就生日！」

吳雙燭躺在地上，生氣得什麼也似的，但無奈不但不能動彈，連話也說不出來，因爲劉單雲連他的「啞穴」也一併封了。

◇◇◇

三天後，在「祕岩洞」裡，群俠居然收到帖子。

——是壽帖。

人生難免會收到帖子，帖子帶來的多半是喜事、好事，但偶爾也有例外，不過，像赫連春水、鐵手、息大娘等在這種情形下也收到帖子，算是平生首遇。

帖子稟明在兩天後，便是「天棄四叟」中的老二吳雙燭的五十大壽。

發帖子的人，是他們的「恩人」，這些天來，最任勞任怨的照顧他們、絕對算得上是不遺餘力的吳雙燭，而被邀的息大娘、鐵手、赫連春水、殷乘風、勇成等，都決沒有理由不去。

帖子上當然不是請人人都去。

——如果把三百多名「逃犯」一起請入海府，那海府恐怕再也不必請其他的客人了。

息大娘代表了「毀諾城」、殷乘風代表了「青天寨」、鐵手代表了「公門」、赫連春水代表了「將軍府」、勇成代表了「神威鏢局」，那就足夠了。

送帖的人附帶說明，其他的人雖不能喝這一趟壽酒，但定必遣人把酒菜送來岩洞，讓大夥兒同樂共醉。

殷乘風看罷帖子，笑道：「難怪吳二老好幾天不見蹤影了，原來躲起來莊容當壽星公了！」

赫連春水謝過來人，說明「屆時一定到賀」。鐵手在旁，雙眉微蹙。

他似乎正在沉思。

——他在想甚麼？

◇◇◇

「沒想到在這兒這種時候，居然還會收到帖子。」息大娘笑道：「通常，只有安定中的人，才會爲請帖而煩惱，亡命天涯的人，都反而懷念收到帖子的歲月。」

——有帖子請柬，才表示有人想起你、記起你，不管為了什麼，只要記得世上還有個你，總是件好事。

——亡命天涯的人，失去的正是安定，斷卻的卻是親友的消息！

「還有一種人也會為收到帖子而煩惱；」喜來錦接道，「窮人，或者是收支僅能勉強應付的人。」

他喫了十五年以上的公門飯，對於世道艱難，自然體味深良。

「收到請帖還不相干，最多掏腰包、紮褲帶，」勇成心情不好，高風亮的含恨而歿，頗使他愁莫能釋，「最怕收到訃聞。朋友一個一個的去了，你就會覺得自己也差不多了。」

赫連春水忙笑罵道：「無聊無聊，剛收到壽帖，別說這種不吉利的話。」

殷乘風道：「我們都去一趟罷。」

息大娘心細，發現鐵手陷入沉思中，於是問：「喂，鐵捕爺，你怎麼啦？」

鐵手以為他們仍在交談，沒有察覺。

息大娘這一叫喚，大家都含笑望向鐵手。

息大娘婉然一笑道：「喂，鐵二哥，你在想甚麼？」

鐵手依然沒有覺察息大娘在跟他說話。

以鐵手平日精警，怎會如此失神——這一來，大家都為之凝肅起來，交談雜聲忽止，鐵手反而發覺了。

他見人人都瞧著他，愣了愣，反問道：「怎麼？」

息大娘眼珠兒一轉，瞟著他道：「想事兒？」

鐵手以手指敲額，解嘲地道：「是啊，很有點困惑。」

息大娘道：「好不好說出來，讓大家跟你一塊兒想想？」

鐵手道：「只是小事，一時還沒有頭緒。」

息大娘嘴兒一撇，哦然道：「當然了，連鐵神捕都想不通透的事情，我們知道又於事何補！」

鐵手聽得出她話裡譏諷的意思，忙赧然道：「大娘，你別擠兌我了。我說出來也無妨，只是有些無頭無尾。」

他向赫連春水道：「公子，還記不記得三天前，我們去海府的時候，臨走前剛好碰著一頂轎子的事嗎？」

赫連春水有點猶疑的道：「是啊，後來那轎中人還不肯下轎，直抬入府裡去。」

鐵手沉吟道：「那個人，似乎就是海府的大老爺，『天棄四叟』，裡的老大劉單雲。」

赫連春水不解地道：「這很可能，那些管事們就這樣叫了，只不過，有什麼不對勁嗎？」

鐵手道：「這倒沒有，我覺得……」

赫連春水道：「你怕劉單雲會唆教海伯伯，對我們不利？」

唐肯在旁忍不住道：「海神叟怎會是這樣的人！」

殷乘風也插嘴道：「他若是這種人，也不會讓我們留到現在了。」

唐肯道：「對啊。」

鐵手忙道：「這倒是不，不過，那劉單雲只掀了半簾，我發現……」

赫連春水即道：「我可沒見著他的臉。」

「我也沒見著，」鐵手道，「可是他一定已見著我們了。」

赫連春水皺眉道：「你是說……他自簾內看見我們，才放下簾子，不出轎來？」

鐵手反問道：「如果他真的是這樣做，爲的是甚麼？」

息大娘在旁道：「也許他跟你們朝過相，不想教你們認出來。」

鐵手道：「便是。」

喜來錦道：「他是誰呢？」

鐵手道：「我就是在想這件事。單看他下半身，已經覺得很眼熟，只想不起在哪裡見過？什麼時候見過？」

息大娘小心地問：「你的意思是……不去赴吳二爺的賀壽之約？」

殷乘風忍不住道：「我們煩人家那麼多事情，全都不去賀壽，這樣，不大好罷……？」

赫連春水忽道：「這件事，如果是劉大伯、巴三伯相請，我都會疑慮，就算是海伯伯，我也會考慮一下，」他顯得略有些激動，「但既是吳二伯相邀，我保證一定不會有事。」

鐵手見此情形，心裡微嘆了一口氣，道：「我也不是要大家不去。」

此語一說，大伙兒才鬆了一口氣。

人在出生入死多了，又躲在這不見天日的地方太久了，誰都希望有些喜慶場合、歡樂節目，刺激一下。

息大娘卻明亮明亮著眸子，道：「你還沒有說完。」

鐵手道：「我只希望，最好，留下一兩位能主持大局的人來。」

他頓了頓，接道：「而且，在我們還未自筵宴中回來前，最好不要先喫飲送來的食物。」

他這句話無疑十分不受大眾歡迎。

殷乘風見同「洞」共濟的大都是「南寨」的人，忙清了清嗓子，出來主持場面：「只遲一兩個時辰才喫，又不是不喫，慎防一些，總是好事，這件事沒問題。」

息大娘嫣然道：「那我就不去了。」

赫連春水有些悵然地道：「妳……妳不去麼？」

息大娘清亮的語音中夾著一種風催秋葉落似的微喟：「少商不在，我去與不去，又有甚麼分別？」

赫連春水臉上立即出現了一種神情。

失望中帶著些微懣憤、但滿溢著絕望的神情。

息大娘幽幽一嘆。

赫連春水忽只說了一句：「好，妳不去，我去，我自個兒去。」

殷乘風忙道：「不如，鐵二爺留守洞裡、主持大局。」

鐵手斬釘截鐵似的道：「不，我去。」他眼裡彷彿已窺出將臨的風暴。

◇◇◇

人若沒有歷過風暴，便不能算是完整的人生，正如沒有經過風雨，就不能算是真正的晴天一樣。

駕舟出海，難免遇波履濤，那是考驗舟與舟子最好的時機。

可是有些風暴，不是有些舟子所能承受得住的。

正如有些波折，不是人能禁受得起一般。

——他們將會面臨的是甚麼樣波折？

◇◇◇

話說這收到請帖的一天，是晴天。

天藍晴晴的，雲白皚皚的，河水濤濤，風蕭蕭。

洞裡仍是幽黯的。

兩天後的早上，仍是個晴天。

似乎是個太過熱辣光亮的晴天。

遠處的雲，一朵一朵的，白烈烈而沉甸甸，一鋪一鋪的捲湧著。

連篩進洞裡的些許陽光，照在皮膚上都有些炙人的感覺。

以前有位武林前輩說過：晴天是殺人的最好天氣，因爲血乾得特別快。殷乘風卻似乎並不同意。

「今天是好天氣，」他說，「正是做壽的好日子！」一個老人家若在做大壽那一天，看到風雨淒遲，心中觸景生情，只怕在所難免。

他們都喜歡吳雙燭，當然希望他在大壽之日，心情能夠愉快些。

勇成遙望天色，神色有些不開朗：「待會會有風雨。」他肯定地道：「大雷雨。」

超過二十年的押鏢生涯，早令他觀察氣候，比官裡那群專事預測氣象的欽天監還要準。

赫連春水喃喃地道：「那麼，希望拜過壽後才下雨好了。」

鐵手神色自若，但眼裡有鬱色。

他暗自還請勇成留下。

——息大娘是女子，多一個「老江湖」壓陣，總是周全些。

他已經想到那個轎子裡的人是誰了。

不過他並沒有說出來。

因爲他還不肯定。

他看到那人腰上斜繫著一柄鎖骨鞭。

◇◇◇

殷乘風正笑著說：「不管晴還是雨，今天最適合的就是說：福如東海、壽比南山。」

一〇一 祝壽

這行動叫做「祝壽」。

「祝壽」是個殺人的行動。

◇◇◇

正如許多見不得光的事，通常都用堂皇的理由來掩飾，也正如許多鄙惡的事，時常都用優雅的名詞作粉飾。

有時候，侵略別人的國土；叫做「聖戰」；殺害異己，叫做「替天行道」，甚至背叛一個人，也可以喚做「大義滅親」；出賣少女肉體和靈魂的地方，通常都有優雅的名字，不是什麼樓就是什麼閣；就連毒死人的藥，也叫「砒霜」、

「鶴頂紅」。

◇◇◇

巴三奇知道，布署已妥定，行動就要展開了。

行動有兩個。

一是在鐵手等進入海府的大堂之後，若發現情形不對勁，想退離海府，便立即發動。

他們已連下七道埋伏，從大堂、花園、走廊、大廳、前庭、大門、石階，愈入內埋伏愈強。

他們知道這些極其厲害的埋伏，足以殺死「來客」，但仍不一定能殺得了一個人。

鐵手。

所以他們更設下了專門對付鐵手的殺手鐧，其中包括了炸藥。

就算鐵手能闖得過重重障礙，埋伏在海府外面的一百五十名弓箭手，還有門前足以炸死三十個人的炸藥，也足以把鐵手射成刺蝟、炸成碎片。

炸藥引伏在門外，不怕毀損海府，就算傷及無辜，那也是跟海家無關的人，跟自己無涉的人，如果要負責任，那是官府的責任，可跟「天棄四叟」扯不上關係。

所以巴三奇大可安枕無憂。

這件事如果成功順利，賊黨一網成擒，他和劉單雲都居功不少，要保個一官半職，安享餘年，應當不成問題。

——當了半輩子的強盜，又當了那麼多年的海府管事，終於能過一過官癮，不也是人生一大快意事！

當過賊的人特別喜歡當官，一如坐過牢的人特別愛惜自由，當過妓女的人特別渴望從良。

巴三奇也不例外。

他覺得很滿意。

他覺得他做這件事，一點也沒有錯。

——替官兵捉強盜，自己站在官面，犧牲幾個道上的朋友，有什麼不對？

當然沒有不對。

只是有點不對勁。

甚麼事讓巴三奇覺得不對勁?

巴三奇也說不上來。

這件事情一旦開始進行,就有說不出的不對勁。

黃金鱗手握兵權,聯攝五縣十九鄉兵馬二萬七千人,統調七標廿一營,再分為二路,一路精兵在海府前後設下重伏,一路主軍則在「祕岩洞」周圍重重包圍,務必要一次盡殲這群逆黨。

顧惜朝統率武林同道,集「連雲寨」主力和應召參與清匪行動的各路人馬,配合黃金鱗主隊布伏,這一戰是志在必得,而且有勝無敗。

——這些當然都沒有不對勁。

也許不對勁的只是:這件事一旦報官,黃金鱗第一句話就是問:「爲啥你們要收留他們?」而顧惜朝問的是:「爲什麼你們不立即報官?」

不過他們並沒有再追問下去,反而好言安慰,大加獎掖,同時,黃金鱗與顧惜朝立即大事準備，那幾天的緩衝時間，便是用以抽調布置，務使一戰以竟全功。

可是侯黃大督統和顧大當家一旦接管海府的布防設陷後，海府的子弟本也要參與應戰，但均被調派為無足輕重的角色，而且都被監視釘牢——莫非是黃大人和顧當家不信任海府的人不成？

想到這兒，巴三奇不禁有些忿忿，也有些悻悻然。

——如果不是我們告密，敢不成他們已翻搜到花果山去還搜不出個疑犯來！

——卻居然防到我們頭上了來！

最令巴三奇憤憤不平的是：黃、顧二人顯然沒把他和劉老大當自己人看待。

這就有點自取其侮了。巴三奇心裡暗忖：他在屋裡隨便走走的時候，居然也有人攔阻他，說這裡不能去，那兒不能走，姓黃的和姓顧的敢情把海老四的基業當成是他們的私邸了？

巴三奇心有未甘。

他身為海府總管，說什麼也得到處看看。

他從門前石階、越過門檻、走過前庭、進入大廳，再經過走廊，轉入花園、到了大堂，大堂即是「設宴」之所在。

鴻門宴。

他所經過的每一處地方，都布下了殺手與埋伏，而每一處所在，表面看去，都如壽筵一樣，喜氣洋洋，連每一個細節：從壽帳到賀席、壽桃和甜點、禮盒和菜肴，全都布置得妥妥當當，鉅細無遺，就像真的有人在做大壽一樣。

玄機就出在「酒」上。

當然會有人來拜壽。

拜壽的人有男有女，有老有少，穿著不同的服飾，代表著不同的身分，甚至用不同的口音，表示他們來自不同的地方，不過，他們其實只有一個目標：剿匪！

據說這總布置的人是顧惜朝，巴三奇當了這麼多年總管，看在眼裡，覺得比真的壽宴更像壽宴，連他也有點佩服這個年輕人起來。

——一個年輕人能少年得志，受到傅相爺識重，的確有過人之處。

——再過一個時辰，這兒就要血濺壽筵，這兒就會變得殺氣沖天、煞氣騰騰。

——如果他們喝了那些特備的「酒」，乖乖的躺了下去，那麼一切倒是兵不血刃就能解決。

——如果他們發現不對勁，必圖突圍，就算能衝得過大堂，衝得過花園，衝得過走廊，衝得過大廳，衝得過大門，衝得過石階，也得在門外被射倒炸死！

所以這個「祝壽行動」，萬無一失。

——就只怕他們不來。

來了，就回不了頭。

◇◇◇

黃金鱗說過：他們不擬在筵上動手。

筵上只喝酒吃菜。

——只要他們喝「酒」，事情就了結了。

但問題還有一個。

——正主兒「壽星」，要是一直不出現，豈不令人思疑？

吳雙燭仍然誓死不肯協助官兵、擒殺同道。

黃金鱗和顧惜朝都認爲只有出動到海托山。

憑海托山一向對這干「亡命之徒」的照顧，在宴上把「壽星」爲何遲遲未出的事情圓一圓場，敬幾杯酒，鐵手他們是沒理由不喝的。

——一喝就成事了。

在酒裡所下的，是當年「權力幫」中「八大天王」裡的「藥王」莫非冤所親手配製的麻藥。

鐵手內力再高，沾了也得要倒。

——倒了最好，省事省力。

再過一個時辰，「祝壽」的人就要來到，顧惜朝提防他們到早了，所以提早布置停當，而在「祕岩洞」外，也有布下樁子，監視洞內的人出入。

巴三奇看看天色。

太熱了。

太乾燥了。

遠處的白雲沉甸甸的，只怕難免有一場暴風雨。

他自己心頭也像白雲，很有些沉甸甸。

其實也並沒有甚麼不妥，只是覺得這兒原本他是主人之一，現在已成了「陪客」，一切的安排，似都不由得他來作主。

他想想還是不放心，親自到大堂的筵宴前看看。

大堂裡已有許多「賀客」。

可是他們一點「喜氣」都沒有。

他們只是在「等待」。

——等待真正「祝壽」的人到來。

◇◇◇

巴三奇瀏覽了一會兒，特別檢查杯子。

——酒沒有毒，杯子才有毒。

有毒的杯子，有特別的記號，旁人是絕對看不出來的。

所以酒人人皆能喝，有些杯子卻碰不得。

而且亂不得。

巴三奇檢查之後，覺得很滿意。

他已準備要離開大堂。

——他負責「接待」，理應站在大門前。

——海老四才是在堂前主持的。

——可是海老四還在跟黃金鱗密議，未曾出來。

巴三奇要轉身走前，掠起一陣風力，剛好把壽帳前的左邊蠟燭吹熄。

他想過去把它重燃，但立刻已有人用火種把燭火重點。

——連點一把火，都沒有我的事！

——這些人似乎很不喜歡、也不希望有人走近壽帳一般！

——這兒本是我的地方，他們憑什麼霸占!?

巴三奇心頭一懊惱，不禁往壽帳多望幾眼，終於給他發現帳子下一小方角微掀，隱似拖著一條線。

巴三奇好奇心大熾，佯作低頭俯身繫緊裹腿，卻忽地閃近帳前。

只聽有人低聲叱道：「停步——」

叱喝的人是在暗處監視的郭亂步。

巴三奇不理，一扳手已掀起簾子。

他終於看到了帳裡的事物。

炸藥。

炸藥在此時此境出現，實在是件「理所當然」的事。

這列炸藥離那張主客的桌子極近，無疑是爲這張桌子上的人而設的。

——炸藥一旦引燃，立即把座上的人炸得血肉橫飛，本領再大也無用武之機。

這種安排無疑很「絕」。

可是巴三奇立時想到更「絕」的一點。

要鐵手這等「賀客」上座，必定會有「陪客」，否則，這些「壽酒」和「炸藥」，都變得派不上用場。

——鐵手等人不是在座上被迷倒，就是被炸死，毫無疑問的是件好事。

可是巴三奇想到一件事，就不妙得很了。

他想起海老四也會在座上。

——這種安排，無疑把海四弟當作犧牲品！

——他們犧牲得了老四，當然也不在乎多犧牲一兩個！

——反正又不是「犧牲」他們的人！

想到這裡，巴三奇就有被欺騙的侮辱。

他幾乎要叫起來：

——這種事，咱們不幹了！

就在這時候，一條人影已貼近了他。

這人相貌堂堂，儀表不凡，但神色間卻帶一點兒邪氣，一股煞氣。

這人正是顧惜朝。

顧惜朝微微笑著，神態溫和，一看便知道他是一個講理的人。

就連他都覺自己是一個講理的人。

有時候他覺得自己實在太講理了。

在這世界上，太講理便很難活下去，縱能活著，也未必活得痛快。

像他對付戚少商，便吃虧在「太講理」上：在「思恩鎮」的「安順棧」裡，他因得尤知味之助，已成功的控制了大局，早應該一得手就該先殺掉戚少商，以絕後患！

他甚至還覺得自己太「婦人之仁」了。

他還決心「痛悟前非」，以後對人應該要心狠手辣一些。

這一次的「壽宴」，已勝券在握，他人在暗裡，監視一切，任何人的一舉一動，都逃不過他的眼目。

所以他發現巴三奇發現了埋在壽帳內的炸藥。

◇◇◇

他笑道：「那是炸藥。」

巴三奇強忍怒憤，道：「我知道。」他補了一句：「可是在這之前你並沒有告訴我們知道。」

顧惜朝笑道：「那是軍情，軍情機密，恕無法相告。」他也補充了一句：「何況，那是用來炸殺叛匪的，與你們無關。」

巴三奇道：「可是，海老四也是坐在這桌了上，就跟我有關了。」

顧惜朝笑意更濃，他用手去拍了拍巴三奇的左肩：「巴老前輩，在下怎會用炸藥對付立有大功的海神叟呢?這炸藥只是用來對付流寇，況且，那幾個叛賊只要喝下了藥酒，便已束手就擒了，根本用不上炸藥。」

巴三奇道：「可是，如果他們不喝，萬一要用上炸藥，你們可來得及通知海老四!?」

顧惜朝微笑著看巴三奇，道：「你真要我回答?」

巴三奇道：「人命關天，我理應知道。」

顧惜朝道：「來不及。」

巴三奇匆道：「那我去通知老四，叫他到時候及時走避。」

顧惜朝嘆道：「你要通知他?」

巴三奇愕然道：「怎能不通知他?」

顧惜朝笑道：「應當通知他，不過，可惜……」

巴三奇道：「可惜甚麼？」

顧惜朝道：「你真的要知道？」

巴三奇道：「請道其詳。」

顧惜朝道：「可惜來不及了。」

突然間，一揚手，一道刀光，一閃而沒。

巴三奇只黨胸前一痳，背後一辣，返首看去，只見一把飛刀，已釘在壽帳上，直奪入牆裡。

刀柄猶自輕顫。

刀不沾血。

——這一刀，是顧公子的刀……

——這一刀，竟是穿過我的胸背……

巴三奇只想到這裡。

想到這裡，他胸上的血便激迸而出。

顧惜朝一把抓住他的袖子，把他的袖帛按住了創口，不讓血噴濺出來，袖子一下子便給湧血浸濕透了，順手拔出一根小斧，一斧砍在巴三奇的額頂上。

然後他跟身後的郭亂步道：「你找兩個人，把他的屍首偷偷的運出去，往水裡一丟，千萬不要讓海府的人發覺，這樣，就算日後『天棄四叟』還沒死乾死淨，又撈著屍首，也以爲是那干悍匪幹的，不關我們的事！」

郭亂步應道：「是。」即著人去辦理。

顧惜朝拿出一方白手帕，在揩抹自己指上的血，順便揉活了手指上的血脈。

——今天要殺的人挺不少的，手指一定要靈活。

——想到這數月來的追緝，今天將會有重大的成果，他也不禁略感到興奮。

——殺人本來就是一件興奮的事。

所以他要先開殺戒，祭一祭刀，點燃自己的殺氣。

他甚至不希望使用到炸藥。

——如果他們死於自己的刀斧之下，一定更爲過癮！

不過顧惜朝一向都十分理智。人可以做痛快的事，但不能做蠢事。像當日戚少商把自己引入「連雲寨」，推崇備至，就是感情用事。感情用事，在他看來，有時候與「蠢」字同義。鐵手等人武功太高，不能意氣用事。

——蠢人的下場，就該跟巴三奇一樣！

——他怎會讓海托山知道，在他身後有足以在一剎間可以同時把三十頭大象炸得屍骨全無的炸藥？萬一讓他露了形跡，說不定還叫鐵手等看了出來，那就難免要生變了。

不能生變。

顧惜朝決不能讓完美的「祝壽」計畫存有任何漏洞。

既然巴三奇這種人，定必顧恤兄弟，而且也來不及向他費心細說了，不如殺了了事。

——自己絕對有理由殺他。

——「天棄四叟」除了劉單雲參加了自己等人緝匪搜捕行動外，其他三叟，明知這干人是朝廷欽犯，還收留了那麼些時日，知情不報，早該殺了！

——這三個老傢伙累自己和部屬們累得搜查了逾半月，居然還想討功!?

顧惜朝殺了巴三奇，覺得心情很愉快。

大堂裡自然不會有海府的人，守在這兒的，不是黃金鱗的心腹，便是自己的親信。

他覺得自己已比以前還「精明」了許多。

他懂得如何更「不留餘地」，現在終於學會了如何比較不講理一些了。

所以他射穿了巴三奇的心臟後，更在他頭上補了一斧，這叫「神仙難治」。

——殺一個人，就得要殺得氣絕；殺一群人，就必須要趕盡殺絕；不然，只會給自己將來惹麻煩、添煩惱。

就在顧惜朝心情愈來愈愉快的時候，天際就響起了一陣雷聲。

跟著，大滴大滴的雨點，就打落在大地上。

也打落在簷上、瓦上、簷前、階前、庭中、池中、院裡、園裡，顧惜朝望出去，只見庭院外都密織著銀簇簇、灰濛濛的雨絲雨線。

雷聲在天外隱隱翻騰，似千軍萬馬排湧而來。

顧惜朝負手看檐前雨滴，喃喃地道：「好一個雨天。」

◇◇◇

就在這個時候，他就看到了訊號。

鐵手等人已在「祕岩洞」出發，啓程來赴海府之約的信號。

一〇二 好戲

海托山不知巴三奇去了哪裡。

——在這緊要關頭，他竟影蹤不見！

海托山心中有氣，但已顧不了許多，在門前迎候的工作，本是巴三奇負責，現在顧惜朝只好由他親自出迎。

雨下得頗大，街角全是串連著雨水的長腳短腳，本來是大好晴天的晌午，而今卻變得一片陰濕淒涼。

——下這樣大的雨，門前的炸藥布置，肯定必受影響。

——甚至在四周民房、牆頭、瓦面、樹上埋伏的官兵、高手，都必然受到雨水的干擾。

在大雨裡抓人，加倍艱辛，唯有把鐵手等人引入大堂，如甕中捉鱉，就容易掌握得多了。

海托山站在門前傘下，終於遠遠的看見，鐵手等一行人已破雨而來。

海托山不由自主的有些緊張起來。

——奇怪，自己闖蕩江湖數十年，也沒怕過誰來，而今竟有些張惶，有些心悸。

——莫非是自己「賣友棄義」，其心不正，便無法鎮定如昔？

海托山不能再想下去了。

就算要後悔已無及，這件事就像雨水打濕的長袍下擺一般，已經是一個不可避免的事實。

一個可怕的事實。

海托山只有面對現實。

他決定把這幾個信任他的朋友，送到地府裡去。

一見鐵手等人出現在街頭，他就知道，「戲」，立即就上映了。

「演戲的人」，登門的登門、栓馬的栓馬、拜壽的拜壽、祝賀的祝賀，他們演這齣戲，爲的只是要等一齣「好戲」。

好戲在後頭。

◇◇◇

「好戲在後頭」彷彿也是一個規矩，高潮總是在後面，「戲肉」也多留在後頭。

在真正的人生裡，「好戲」不一定都在後頭。有的人，一大早就演完了好戲，餘無足觀。有的人，從沒有演過一場好戲，便完了場。有的人，一生人都有好戲，高潮迭起，好戲連場。有的人，根本不尋求好戲，只求無戲便是福氣。

海托山卻肯定這大雷雨的午後，會有一場好戲，就在這兒上演。

不過，這場戲的序幕卻讓他有些失望。

因爲有些該來的人都沒有來。

「毀諾城」的息大娘沒有來。

「神威鏢局」的勇成也沒有來。

來的只有「四大名捕」中的鐵手、「青天寨」寨主殷乘風、「將軍府」的赫連春水三人。

人雖然並未來齊，但來了他們三人，也就夠了。

——黃金鱗和顧惜朝本來的意思，就是只要使這干人的幾個主將折損，要殲滅他們，以眾擊寡，便絕對不成問題。但祕岩洞裡有人主持大局，便不易同時發兵攻取了。

不知怎的，海托山見人未來齊，失望中反而隱隱有些欣慰。

——爲甚麼會感到欣慰？

他自己也不知道。

也許他是「良心發現」，也許他覺得敵人愈少，愈好應付。也許他心裡也不想因爲自己的這個陷阱，而把這干江湖好漢都「一網打盡」。

不過無論怎麼想，他都希望自己能夠「演齣好戲」。

他但願自己能「演出成功」。

◇◇◇

成功？
失敗？
在雨裡分不清，在相交裡看不明，在將來命運的陰晴裡，誰都未知情。

◇◇◇

鐵手等人終於打馬來到了海府門前，在雨裡風中張燈結綵的海府高第，反而更添淒涼景況。

他們當然都化了妝，易了容，不過並沒有徹底改頭換面。

他們這樣做只是避人耳目，再說，易容術最多只能騙騙粗心大意的人，絕對不能換日偷天，也瞞不住銳睛厲目的老江湖。

他們跟平時赴海府運糧、計議的妝扮，完全一樣，所以海托山很容易便認出是他們。

這一點海托山一直都很感安慰。

他的視力依然精銳。

這顯得他還未曾老。

至少沒有完全老。

就算他已經老了，他還是可以拿這點來安慰自己；一個老人家如果不懂得自我安慰，絕對是一件很不討好的事，正如一個失敗者一樣。

他覺得自己眼力就比吳雙燭好出許多。

他這樣想的時候，每次都必定忘了考慮到，他的體力卻逐漸不如吳雙燭。

有些事，想不起要比想起來得好。

忘記，本來就是人類「護身符」之一。沒有這兩個字，缺少這個本能，人只有活得更不愉快。

只怕，有些事愈想忘記，愈難以忘記。

有些事要想起，卻偏偏常常忘記。

人生裡最痛苦的事，就是不能控制自己的思想；人最可貴的自由，便是無法控制對方怎麼想、想甚麼。

有些時候，連忘記都忘了，才是真正的忘記，有時候，快樂的記取，會讓你記起忘記了的，而痛苦的記憶，會哭給忘了的忘記聽。

他在門口相迎這幾個從漫長風雨長路過來的敵友，因而想起他走過大半生風雨凄遲的江湖路。

鐵手也記起了一件事情。

一向以來，都是吳雙燭在這兒迎待他們的，現在吳雙燭正在做壽，也許不便站在風雨飄零的門前，可是巴三奇呢？怎麼要海神叟親自出迎？筵宴上不是要他來主持大局的嗎？

鐵手只是想起這些而已。

想起這些，並不能改變什麼。

更不會讓他踟躕不前，或折回來時的路。

改變人生的，往往不是因爲想起甚麼，而是遇上甚麼，明白這點的人就該知道常常陷於回憶裡，其實於事無補。

海神叟迎迓道：「你們來了。」

三人在馬上打傘，但衣襬都濕了。

一道閃電。

鐵手笑道：「好大的雨。」

殷乘風道：「多熱鬧，連風雨都給吳老湊興兒。」

海托山忙道：「你們真是有心人，這麼大的風雨都趕來賞老二的臉！」

赫連春水躍下馬來，笑道：「我要給吳二伯拜壽，真迫不及待呢！」

又一陣閃電。

接著一個雷響。

三人捺衣走上了石階，走進了大門。

閃電剎時蒼白了大地，他們都沒有一對俯視蒼生的眼，看見這灰濛濛與慘白的大地上，有多少人正在風雨中亮著兵刃伺伏在所有高處或低地的暗影裡。

顧惜朝在內堂埋伏，已接獲鐵手等一行三人來到門口的消息。

他的雙手攏入袖子裡。

左手姆、食、中三指，捺住一把小刀的木柄，輕輕的在彈動著，右手握住一把小斧，已微見用力。

轟隆一道電閃，夾著雷鳴。

顧惜朝猛想起一事。

他疾地掠入大堂。

——他想起了甚麼事？

——他要做甚麼事情？

鐵手、赫連春水和殷乘風，已在海托山的引路下，穿過了前庭。

◇◇◇

顧惜朝躍入大堂，那一眾正擬「演戲」的人，紛紛都喫了一驚。

顧惜朝沉聲疾喝：「不要亂，不要望我，保持原來喝酒笑鬧的神情。」

黃金鱗吃了一驚，也自東廂閃了進來，疾問顧惜朝：「正主兒要到了，你出來幹啥!?」

顧惜朝只點點頭，腳尖一點，飛躍而起，一抄手擷去了壽帳上仍釘著的短刀，還用手把壽帳的刀孔綴起遮掩，然後再用腳把壽帳下的布幃撥平，遮去了炸藥引子，然後才道：「我們可以進去了。」

黃金鱗這才明白過來，正要掠入東廂，忽聽顧惜朝又「咦」了一聲。

黃金鱗隨他目光望去，只見宴筵的桌布上有老大一塊褐斑。

——那是顧惜朝動手殺巴三奇的時候，所濺出來的血跡。

——也可以說是今晚的第一滴血。

顧惜朝忙叫人拿了一條毛巾子，遮蓋在血漬處，這才長吁一口氣道：「對付鐵手這等人，是絲毫大意不得的。」

然後兩人又各自竄了出去。

他們都準備在必要的時候，點燃炸藥，不但把鐵手等人全都炸死，海托山作爲陪葬，連同整個大堂裡的部屬都作爲犧牲品。

——只要能把強敵消滅，犧牲幾個部下算得了甚麼？

只要有權，何愁沒有部屬？

殺強敵的機會，可不常有。

在這方面的心思，顧惜朝與黃金鱗倒是相契無間。

◇◇◇

鐵手和赫連春水及殷乘風，已步出大廳。

海托山的心狂跳著。

——他們每多走一步，就等於往森羅殿裡多踏進一步。

海托山感覺到自己步伐的沉重，就像背負了一座山在行走一般。

而心裡頭又似雨絲一般亂。

眼看要走過長廊，忽聽有人在雨中牆頭，慘聲厲喊道：「不要進去！」

鐵手、赫連春水、殷乘風一聽，又驚又喜，面色倏變。

因爲那是戚少商的聲音。

那聲音淒厲逼人，絕不像是戚少商平時的聲音，可是他們又分明辨別得出來，那的確是戚少商的聲音！

◇◇◇

弓弦聲。

暗器夾在雨聲裡尖嘯低鳴。

戚少商才現身於牆間，立即受到圍攻。

鐵手春雷也似的一聲暴喝：「退！」

海托山突然猱撲向殷乘風。

殷乘風嗆然拔劍。

劍一投出，密雨頓為劍芒逼開數尺。

這劍只沾血，不沾雨水。

這樣凌厲的劍，連鬼神都要為之辟易。

但海托山低吼一聲，伏身塌腰，反而往劍鋒撲去。

因為鐵手的疑慮，所以殷乘風和赫連春水來「賀壽」也暗攜兵器。

一時間，走廊上的埋伏，盡皆發動。

刀槍箭雨，幾乎每一處可以躲人的地方，都有人掠撲出來，向鐵手和赫連春水襲擊。

而大堂、花園、內堂的高手，全急於反撲長廊，大廳、前庭，大門的伏兵，也全發動，往內兜截！

局面雖然劇生奇變，但這一干志在必得的伏兵，陣腳卻絲毫不亂，反而激發了野獸拚戰般的剽狠！

往內反撲的伏兵由劉單雲帶領。

往外搏殺的隊伍由顧惜朝率領。

黃金鱗則帶人包圍海府。

鐵手跟劉單雲一朝相，立時就明白了是甚麼回事：

——果然不幸料中。

這時候海托山與殷乘風已驟然分了開來。

海托山身上有了血跡。

殷乘風衣上也沾了血。

血很快被雨水沖淨。

雨下得特別大。

血流得特別多。

雨水把血水灌入土裡，流出屋外，匯流到不知名的所在去。

◇◇◇

戚少商悶哼了一聲，似受了傷，但仍然不躍下牆來。

因爲他決不能讓這可能是唯一的退路被人占據或堵塞。

他單手持劍，青鋒宛若青龍。

青色的劍泛起紅色的血潮，在灰白色的雨網裡。

鐵手見招拆招，見人打人，至少有二十人被他雙手一觸，當即踣地不起。

赫連春水雙槍在手，卻未有機會駁成長槍以遠拒群敵，穿著華衣錦服的敵人已潮水般湧了上來，他已殺了十三人，受了五處傷，三處輕，兩處較重。

而殷乘風卻沒入敵潮裡。

只見一道宛似閃電般極快的白光，在敵人圍攻下倏東忽西，難以抓摸。

鐵手見情勢不對，決不可戀戰，當下大喝一聲：「快走！」猿臂連伸，眨間已捉走七、八名強敵，運起神功，衝入敵陣裡，雙手無堅不摧，又奪下十來件兵器，這才看得見殷乘風。

顧惜朝和馮亂虎、宋亂水，全向殷乘風圍攻，而劉單雲也操身搶近、瘋狂拚命，海托山卻倒在地上，脖子上的血汩汩的淌著，染紅了他的花白鬍子。

鐵手又驚又怒，雙臂一交，已隱作風雷之事，顧惜朝叱道：「我們一起上！」自己卻不先上，仍然追襲殷乘風。

有十來名官道上和武林中的好手，貪功急攻，鐵手大喝一聲：「讓開了！」雙手迎空擊出，數百十點雨珠，被他這隔空一震之力，變作脫簧暗器一般，疾射過去，有六、七人走避不及，擠成一堆，摀臉捂頰，哎喲不止。

鐵手一步上前，聲威奪人，馮亂虎本來攔住，但見他來勢，不由自主的往旁邊一閃，宋亂水則想硬攖，鐵手還未動手，一腳就把他掃跌出去。

鐵手一伸手，就抓住顧惜朝的衣襟。

顧惜朝一斧就往鐵手的手腕砍下去。

這一砍只是虛著。

就在斧光耀眼之際，他的刀悄沒聲息的飛射出去，正中殷乘風的背部。

刀柄輕幌，殷乘風半聲未哼。

顧惜朝的人也如游魚一般，腳底一蹓，衣裂人退，鐵手還待搶進，黃金鱗的「魚鱗紫金刀」已夾著飄雨，飛剁他的脖子！

顧惜朝退得極快，但有一道劍光卻比他更快。

殷乘風的劍。

一〇三 乘風歸去

顧惜朝一刀得手，退得迅疾無倫。

但他再快，也快不過殷乘風的劍。

殷乘風外號「電劍」，要比劍快，就算「四大名捕」中的冷血也快不過他。冷血的劍法，劍劍進迫，招招拚命，無一招自救，要論氣勢，殷乘風遠所不及，但要比劍法迅疾，殷乘風的快劍猶在當年他的師尊岳丈「三絕一聲雷」伍剛中之上。

他這一劍，後發而先至，追上顧惜朝。

但這劍一出，也等於是把空門賣給劉單雲！

◇◇◇

劉單雲悲憤。

悲憤的劉單雲。

戰鬥一開始，顧惜朝、劉單雲、海托山和七八名高手都往殷乘風圍攻過去，那是因爲：一，殷乘風是「青天寨」寨主，只要能把他擒下，就可以逼降在「祕岩洞」裡的南寨子弟，如果把他殺死，至少也可以打擊青天寨徒眾的士氣。二，鐵手的武功太高，這些成名人物個個都有私心，不敢輕攖鐵手之鋒銳，避重就輕，便專找殷乘風下手。三、赫連春水是赫連大將軍的獨子，真要是在眾目睽睽之下格殺他，只怕難免後患，更何況赫連樂吾對「天棄四叟」本有恩情，大家都有意無意間不願對赫連春水趕盡殺絕。

這一來，殷乘風更爲當殃。

其中也許有一人較爲例外，那就是海托山。

他跟殷乘風各在易水兩岸稱雄，要對同道下辣手，也只是因爲矢在弩上，不得不發，情非得已，他本身只想擒下殷乘風，並不想取他性命。

戰局一上來，便拚出性命，顧惜朝與黃金鱗更向殷乘風下重手，海托山見勢不妙，忙擋在前面，明是單挑殷乘風，實有不想殷乘風橫死當堂之意。

可是這一來，慘禍反肇。

殷乘風人在捨命搏鬥中，那分得清誰要生擒、誰要奪命？而他自己，比圖殺他的人，更不要命。

他的劍只講快，快得令人無從招架，快得令人無從閃躲，快得令人無從退避，快得令人無從破招，快得令人只有中劍。

他現在不但快，而且還拚命。

跟冷血的劍法一般拚命。

然而他的劍法，卻不是拚命的劍法。

他只是快劍。

他此刻是快而拚命，自然露出了破綻。

劉單雲一上手，就覷出了他劍招裡的破綻，他的鎖骨鞭立時遞了進去。

不過殷乘風的劍法著實是太快了。

快得縱有破綻，也一瞬即逝。

就是說，當你發現他劍招裡有破綻的時候，和發覺他劍招裡的破綻之際，他的劍招已經變了，或已刺中目標了，破綻已經消失了，不存在了。

當敵人想向他破綻進襲的時候，招才遞出，破綻已然不見，一招遞空，反而誘使殷乘風的劍招回挫。

殷乘風的快劍一連刺倒了三名敵手。

劉單雲一鞭擊空，殷乘風的劍已如毒蛇般刺向他的咽喉！

劉單雲錯估了殷乘風快劍的實力。

那一劍，縱他躲得開去，只怕也得掛彩。

海托山卻及時攔住，他雙掌一合，竟挾住了殷乘風的快劍。

殷乘風冷哼一聲，「鬼手神叟」海托山的「天王托塔掌」天下聞名，他也自有所聞，雙腳一輪急踹，飛踢海托山下盤。

海托山下盤功夫一向練得並不如何，情急之下，只有撤掌，他本來只是要搶救劉單雲，嚇阻殷乘風，本亦無殺他之意，但他被逼鬆手，殷乘風已「刷刷刷」連環三劍，攻向海托山。

海托山頓時手忙腳亂，抓住殷乘風的劍鞘，險險架住了三劍。

海托山有名是「鬼手神叟」，以掌法，盜技及「地心奪命針」稱著江湖，他在情急裡，百忙中，仍能順手牽羊，摘了殷乘風的劍鞘來招架殷乘風的劍招。

這對正在拚死突圍苦戰的殷乘風而言，無疑會錯覺對方武功太高，舉手間便取去自己腰畔的劍鞘，玩弄自己於股掌之上。

是故殷乘風更有全力以赴，不惜玉石俱焚之心。

海托山以劍鞘架劍，只架住三劍，殷乘風第四劍反取劍鞘，劍入鞘中，強力一抖，海托山五指被震得一鬆，殷乘風劍挑回擲，劍鞘飛襲劉單雲，向後連攻顧惜朝三劍，海托山手掌一揚，叫道：「照打！」突然雙手一分，抓向殷乘風左右腰脅！

海托山見殷乘風太過拚命，似乎求死多於求活，這一下用意是佯作施放暗器，實是出手擒拿他。

他自信自己「鬼王地心奪命針」的威名，殷乘風必爲之分心失神，就算自己擒拿不逞，其他的人也會趁此拿下殷乘風。

但壞就壞在他的「地心奪命針」太過有名。

當日群雄在「安順棧」一役，韋鴨毛著了無情一口細針，以爲是海托山的「地心奪命針」，登時嚇得臉無人色，而眾人俱爲之心悸，要知道鬼手神叟的「地心奪命針」，能以地底行針，殺人於百步之外，而且針淬奇毒，無藥可救，「天棄四叟」中尤以海托山和吳雙燭武功最高，但海托山在武林中的名頭要比吳雙燭更響亮，便是因爲這一手防不勝防、百發百中的「地心奪命針」之故。

殷乘風一見海托山要發暗器，就陡想起了「地心奪命針」的厲害！

他在猝然受襲的情形下，已不及進一步揣想判斷，海托山的「地心奪命針」只向地下發針，再自敵人腳下空刺而出，怎會迎空揚手才發射？

他不及細想，只知海托山要發毒針，他決意跟他拚了！

他長身而起！

他的輕功，得自「三絕一聲雷」伍剛中真傳，迅疾僅在他劍法之下。

最可怕的是殷乘風的鬥志。

他的鬥志簡直可比冷血。

愈受困，愈堅強；愈遇危，愈奮戰。

他全身化作一道劍光，和身撲掠，急取海托山！

——以這一招之聲勢，竟是要與海托山拚箇兩敗俱亡！

海托山大喫一驚，他本來就沒有發出「地心奪命針」，現在也沒有機會發出「地心奪命針」。

顧惜朝是唯一能及時阻止殷乘風全力一搏的人。

可是他並沒有阻止。

他當然不阻止。

——不管是誰死了，對他都並無壞處。

他只等著殷乘風捨身搏敵。

他等著殷乘風施這一招。

殷乘風果然使出這一招。

海托山中劍即亡。

殷乘風也立時發現海托山並沒有真的發出「地心奪命針」。

這時候，劉單雲已一鞭擊中他的左脅，顧惜朝的刀也釘入了他的背心。

劉單雲形同瘋虎，他知道海托山可以說是爲搶救自己而死的，便向殷乘風發動了瘋狂的攻擊。

他們這四叟幾十年來，也可以算得上是情同手足，甚至遠比同胞兄弟還親，同胞兄弟只是同一爹娘所生，但他們卻一起度過無數險難；所以，劉單雲制住吳雙燭，原以爲是爲了老二好，決無意要傷害他。

海托山的死，使劉單雲對自己這次策劃的行動感到深深的歉疚，更矢志要把殷乘風立斃於鞭下。

◇◇◇

鐵手知道再闖不出去，今天便要四人都喪生此地，當下大喝一聲，雙掌在胸前一交。

黃金鱗揮刀進擊，忽見鐵手凝神運氣，頓想起此人的內功，普天之下，能接得了他全力一擊的，絕對不超過十人，自己若跟他正面交鋒，豈不吃虧？當下急退，刀勢轉找赫連春水。

顧惜朝偷襲殷乘風一刀得手，豪氣大發，又一斧向鐵手當頭砍到！

鐵手吼了一聲，雙掌疾吐。

顧惜朝一見他發掌，立時急向後飛退，一面將斧收入袖中，兩人相隔一丈有餘，顧惜朝才運氣全力硬接了這一掌。

顧惜朝只覺一股渾厚已極的內力撞來，不禁歪右斜左的退了八、九步，才立得下樁子，也不覺太過血氣翻湧，心裡馬上想到三件事：鐵手內功，不過爾爾！難道是自己功力進步了？還是鐵手重傷仍未痊癒？

就在這一猶豫間，只聞地上有人呻吟之聲，一看之下，才知道地上倒了八、九人，全是給自己撞倒的，這才明白：鐵手是藉自己的身體傳達了他的內力，算準自己身旁這些人寧可吃撞，也不敢用兵器往自己身上招呼這點，一口氣撞倒了八、九人，把內力傳擊在他們身上！

顧惜朝又氣又慚，一時之間，竟沒勇氣上前再攻鐵手。

鐵手趁此衝入陣中，一手挾住殷乘風，赫連春水那兒本正遇危，但戚少商長空而下，「碧落劍法」如大雨潑灑一般。一下子，倒了七、八名官兵，戚少商一面叫道：「從牆上出去！」

鐵手挾殷乘風正要飛身而起，劉單雲怒急攻心，一鞭砸去，鐵手正要招架，不意給黃金鱗從旁偷襲得手，一刀砍在右臂上。

這一下，鐵手右臂功力反震回挫，黃金鱗的「魚鱗紫金刀」刀口捲起，幾乎脫手飛去。

不過鐵手也被阻了一阻。

這一阻之間，重傷垂危的殷乘風陡然竄了出去。

這下子連鐵手和劉單雲都意想不到。

劉單雲這一鞭，結結實實地橫掃在殷乘風胸前，可以聽到骨頭碎裂的聲音。殷乘風的劍也刺中了劉單雲。

劉單雲只及時一閃，劍刺不中胸，但刺在臂上。

劉單雲鎖骨鞭登時落地。

赫連春水已疾閃了過來，雙槍合一，一手挽攙殷乘風。

鐵手猛一探手，已抓住了劉單雲，連封他六處穴道。

戚少商當先飛掠而起，往牆上開路殺去。

顧惜朝一見戚少商，正是「仇人見面，分外眼紅」，正要全力攔截，但戚少啇已當先開路，赫連春水扶著殷乘風緊躡而去，鐵手揮舞劉單雲，負責斷後，一面大喊：「你們誰要是發暗器，就先傷著他！」

顧惜朝對鐵手自然有些顧忌，不敢冒然上前。

海府的高手投鼠忌器，也不敢追得太緊。

黃金鱗則叱道：「放箭！」

往後追捕和四周埋伏的人，雖然被衝亂了陣腳，但仍各自爲政的發放暗器、開弓射箭，鐵手、戚少啇、赫連春水、殷乘風腳下不停，直奔「祕岩洞」。

待脫離了這干追兵，鐵手斷後，傷得最重，至少中了三枚暗器，兩支箭矢，劉單雲則成了擋箭牌，被射成了一隻刺蝟似的，鐵手長嘆一聲，心忖：「天棄四叟」何苦要出賣朋友？自己可也沒好下場！當下把劉單雲屍首留在地上，忍痛拔去暗器，其中一枚還淬了毒，忙放血敷藥，疾掠趕程時還默運玄功，強忍苦痛，逼出毒力。

要知道與人動手或施展輕功之時，實不可能同時運功調息。運氣療傷，鐵手內力驚人，卻可做到這一點，但也耗損不少真力。

路，但他自己也實在不想活下去了。

殷乘風已奄奄一息。

他的目光已散渙。

現在誰都可以揣測出來，殷乘風的拚命殺敵，當然是爲大家突圍闖出一條血路，但他自己也實在不想活下去了。

伍彩雲死了之後，殷乘風本就了無生趣。

一個人若無生趣，死反而成了樂趣。

殷乘風就是這樣，他是在求死，不是在求存。

顧惜朝在他背後的一刀，和劉單雲在他胸前的一鞭，都足以教他致命。

赫連春水一直背著殷乘風。

他萬萬不能讓殷乘風死。

因爲是他極力主張大隊去投靠海神叟，結果，「天棄四叟」卻出賣了他們。

這樣一來，赫連春水覺得無異於他害死殷乘風的。

他更擔心也會害了息大娘。

所以他急於要回「祕岩洞」，通知息大娘，甚至渾忘了自己身上的傷。

戚少商問：「他們現在在什麼地方？」

他指的「他們」，當然是「息大娘」他們。

鐵手道：「在『祕岩洞』。」

戚少商道：「祕岩洞是什麼地方？」

鐵手道：「離這兒只七、八里路程，極其隱蔽，易守難攻，不過，卻是『天棄四叟』所指引的地方。」

戚少商急道：「那麼說，那地方也一定有險。」

赫連春水即道：「但我們不能不回去。」

戚少商道：「當然不能不回去，我們得要通知他們。」兩人話裡，反都沒提息大娘的名字。

鐵手道：「我已請大娘主持大局，並要勇二叔和唐老弟多加提防。」

赫連春水喃喃地道：「但願他們……沒事就好了。」

鐵手道：「就算沒事，官兵也定必早已包圍了那兒。」

赫連春水詛咒起來：「那四個老王八——這麼說……？」

鐵手道：「這番要大夥兒衝出重圍，可真要憑天意了。」

赫連春水道：「好！憑天意就憑天意，衝回去大伙兒一塊死。」

戚少商忽道：「不對！」

他們三人邊疾馳邊交談，腳下可絕不慢。

赫連春水沒料戚少商這麼一句，問：「什麼不對了？」

戚少商道：「大夥兒一起回去送死，豈不逞了姓顧的那狗官的心願？何況，無此必要！」

赫連春水惱道：「難道我們就任由大娘……他們遇危而不理嗎！」

戚少商斷然道：「當然不！」

赫連春水狐疑地道：「你的意思是？」

戚少商道：「你們去請救兵，我回去就好！」

赫連春水忽然仰天大笑。

一〇四　江畔何人初見月？

戚少商不去理他，逕自道：「這件事本就由我而起，不能老是叫朋友為我送死。」

赫連春水冷笑道：「我不是為你送死，我是為大娘送死。」

「我知道你願為大娘死；」戚少商幾乎是要求了：「但是如果你和我及大娘全都死了，有誰替我們報仇？」

赫連春水態度強硬地道：「我不管！若不是我力主要投奔八仙台，也不致有此劫，這次可不是為你，為大娘，而是我連累了你們，我怎能不回去！」

戚少商急道：「可是大家一起戰死在洞裡，對誰都沒有好處。」

赫連春水冷笑道：「我們已落到這種地步，還會有甚麼好處？」

戚少商道：「你……」遂知道赫連春水是故意跟他頂撞，便強忍怒氣。

奇怪的是，鐵手忽然不作聲，跟在赫連春水的後面，眼中只露出傷悲的神色。

赫連春水也平了一口氣，忽道：「你說應該要留下人來替我們報仇，我看倒有一個。」

戚少商會意過來，道：「誰？」

赫連春水道：「鐵捕爺。」

鐵手苦笑道：「兩位何把我獨摒在外？」

赫連春水道：「不是把你擯在外，而你在外，確是可以請救兵，再來解我們之危。」

鐵手道：「我現在也是『黑人』了，跟兩位一樣正受通緝，豈有救兵可請？再說，師父和三師弟、四師弟都遠在京師，我現在已是朝廷重犯，只怕未到京城，早已被問斬廿九次了。」

戚少商道：「無情兄正赴京師，請奏呈上，他囑我先行趕來這兒援急。」

鐵手只道：「希望他一路平安。」

戚少商道：「不過，你絕不能跟我們一道。」

鐵手道：「爲什麼？」

戚少商指了指赫連春水背上的殷乘風道：「因爲殷寨主受了重傷，他必須要治療，怎可重返洞裡送死？」

赫連春水接道：「對！他正需鐵二爺爲他療傷護法。」

鐵手只嘆了一聲，道：「只可惜殷寨主再也不需要任何人替他護法了。」

戚少商聞言一驚，再看鐵手的表情，已知道是怎麼一回事。

赫連春水只一逕的說：「鐵捕頭，你可不要推卻，殷寨主他——」忽有所覺，放下殷乘風一看，只見他臉若紫金，微含笑，已死去好一陣子。

赫連春水一時呆住了。

鐵手嘆息道：「『武林四大世家』，『東堡』黃天星死於姬搖花手裡，『南寨』伍剛中歿於楚相玉掌下，『西鎮』藍元山心灰意冷，出家爲僧，『北城』周白宇自盡身亡，連『青天寨』的少寨主殷少俠也在這八仙台撒手塵寰，江湖寥落爾安歸？未入江湖想江湖，一入江湖怕江湖；如果不急流勇退，這江湖路真是一條黃泉路。」

戚少商看見殷乘風死時的表情，反而是解脫了的樣子：也許他覺得如此可以更接近伍彩雲罷？

——可是息大娘呢？

——她安然否？

——如果妳有了意外，我也只有像殷乘風一般，除死無他。

息大娘當然不安然。

鐵手、殷乘風、赫連春水赴宴後，立即有人來獻上佳肴酒菜，並勸加勸飲，這一來，息大娘等更起疑心。

息大娘表面敷衍，暗裡叫勇成及唐肯仔細檢驗，果爾發現酒裡有迷藥，飯內有毒，巡逡的喜來錦等，更發現大隊官兵，已包圍岩洞四周，忙急報息大娘。

息大娘猝然發動，拿下了這四名送菜的人，然後企圖率眾衝出「祕岩洞」，並著人急報赫連春水等人。

不過，大軍已把祕岩洞包圍得似鐵桶一般，息大娘率人衝殺幾次，反而折損人手，十一郎也喪命在官兵的伏弩下。

息大娘情知硬闖不成，反而不如死守，祕岩洞得地勢天險，一旦有了防備，反不易攻取，於是以逸待勞，與官兵作「拉鋸戰」。

息大娘心急如焚，但無法可施，只望鐵手精警，能有所覺，不爲埋伏所趁。

鐵手等人殺出海府後，黃金鱗即放出信號，並飛騎截殺，更防鐵手等渡易水逃離八仙台，故從四方兜截。

不料鐵手、赫連春水、戚少商三人俱重義氣，反撲祕岩洞，自官兵後方攻入，官兵一時大亂，當其時主將未到，惠千紫等指揮失策，只要跟息大娘等一齊發動，大可衝出重圍，無奈洞中家眷委實太多，行動不便，眾人又不忍驟捨老弱傷殘而去，故而只是鐵手、戚少商和赫連春水衝回洞內。

赫連春水當然仍背著殷乘風的屍首。

青天寨的人一見殷乘風斃命，人人義憤塡膺，要與官兵決一死戰，並要殺盡不仁不義的「天棄四叟」，鐵手忙力加勸阻，說明妄動只有平添無謂犧牲。

這一來，官兵見鐵手等人又回到祕岩洞，驚疑不定之下，也正中下懷，因爲他們一入洞內，除非是變成屍首，否則誰都再也出不來。

至於洞內戚少商與息大娘乍逢，宛若隔世。

赫連春水卻避過一旁，神情是憂傷而失落的。

鐵手忙暗裡著勇成和唐肯，跟赫連春水多作交談，赫連春水只心不在焉，怔怔不語。

原來戚少商趕去「拒馬溝」，見官兵聚集，情知不妙，打聽之下，才知道「青天寨」已爲官兵所攻陷，戚少商一聽之下，萬念俱灰，本想把性命拚掉算了，但復一觀察，只見官兵依然聯營結陣，如臨大敵，再作仔細勘探，才弄清楚原來南寨大隊得脫，已渡易水，其中包括幾個「主凶」、「匪首」，都能逃脫。

戚少商即渡易水，想到「連雲寨」與「天棄四叟」素有深交，便往海府打聽，卻正好遇上郭亂步和兩名「連雲寨」舊部，正在「處理」巴三奇的屍首。

戚少商以前見過巴三奇，巴三奇雖然死了，他還是能認得出來。

戚少商亦認得出那兩人是顧惜朝的部下，「連雲寨」的叛徒。

戚少商更認出郭亂步。

這一下，郭亂步也發現了戚少商。

他反應奇快，立即叱令兩名手下圍攻戚少商。

這兩名舊部一見是戚少商，畢竟是當家的，餘威尙在，兩人都嚇愣了，但又不敢抗令，一個照面便被戚少商制伏了。

郭亂步卻想趁此逃之夭夭。

戚少商挺劍直追，郭亂步撒腿就逃，不過他跑得再快，也快不過戚少商的「鳥盡弓藏」身法。

戚少商截住了他。

郭亂步怎敢跟戚少商單對單的交手？爲了求生，居然給他想出了個辦法：

「只要你不殺我，我告訴你一個大祕密。」

「什麼祕密？」

「這祕密關係到鐵手、赫連春水、殷乘風、息大娘還有每一個人生死存亡，你只要放過我，我便決不相瞞。」

戚少商爲之動容。

他本來就知道，像「連雲四亂」等只是小角色，他真正的巨仇大敵是顧惜朝、黃金鱗。

他也無意要馬上殺死郭亂步，但卻急於知道息大娘等的消息。

所以他同意。

他同意放過郭亂步。

郭亂步知道戚少商言出必行，向不失信，而且，就算不信任對方，他也無活路可走。

他爲了討饒，把顧、黃二人在海府的一切布置，一五一十的全告訴了戚少商。

戚少商一聽，知道大事不妙，忙點倒了郭亂步，趕去海府，依郭亂步所提供西牆跨院伏兵較少處，先截斷炸藥引子，再來個從後突擊，把敵方布局衝亂，呼叫鐵手等往此方向衝殺，果爾得脫。要不這一下子裡應外合，官兵亂了手腳，鐵手等趁此全力往大門衝殺，恐怕就難有性命重返「祕岩洞」了。

他們現在雖已留在「祕岩洞」裡，可是，卻衝不出「祕岩洞」。

「祕岩洞」通風口極多，而且洞深連綿，迂迴曲折，如要用火攻，決無可燃之物，若要用煙薰，則官兵一近洞口，亦遭洞內群雄射殺，而且地近江邊，水流入某幾個窪洞裡，風勁且急，無論火攻煙薰，俱奈何不得，食水也不成問題。

這樣一來，雙方對峙了超過十日。

最大的危機，是官兵倍增，而且更頭痛的是糧食問題。

就算是再省著吃，糧食都快吃光了。

◇◇◇

——該怎麼辦？

幸好那日官兵送來爲「餌」的菜肴，除了飯、酒不能吃用之外，卻是無毒，前數日倒是靠這些「菜肴」度過了幾餐。

但卻再也撐不下去了。

幾日來，赫連春水的臉色都是沉灰灰的，沒有多說話，只冷著臉，磨著槍。槍愈磨愈利。

不管是他的二截三駁紅纓槍，或那桿白纓素桿三稜瓦面槍，他都常磨，常看。

戚少商和息大娘經過多次的生離死別，依舊言笑晏晏。

有時候他們也會談到雷捲和唐二娘，笑說希望他們好，他們快樂，他們永遠也不要回來。

因爲他們心裡知道，這兒已是全無希望。

全無活命的希望。

◇◇◇

到了第十二天的晚上，赫連春水開始談笑，居然還以水代酒，祝息大娘和戚少商白首偕老，就在二人微微錯愕之下，赫連春水一仰脖已乾了杯。

他真把水當酒了。

後來他又交代「虎頭刀」龔翠環一些話，大抵上是一些如果出得「祕岩洞」，要向赫連老將軍轉稟的話。

他們還曾聚在一起，在洞孔觀察敵情。

官兵顯然沒有全力搶攻，只作全面監視。

他們顯然都在等。

等他們的敵人糧盡力殆的一天。

其中在高地上，豎有幾個大帳篷，其中最大的一頂，顧惜朝和黃金鱗常在彼出入，張揚猖狂，似料定「獵物」決逃不出他們手中一般。

戚少商等人的確逃不出去。

就以戚少商而言，曾經幾次都逃了出去，但一樣仍落在他們掌握之下。

他們已布下天羅地網，胸有成竹，且看何時才把網收緊。

息大娘看見顧惜朝和黃金鱗張狂拔扈的神態，忍不住哼了一聲道：「你知道我有多恨這些人？」

她依偎著戚少商說：「只要有人殺了這兩個人，我寧願嫁給他。」

「爲什麼這世上總是小人得勢。」息大娘嘆息著道：「小人本就可惡，一旦得勢，看他們的咀臉，就更加可恨。」

這幾面帳篷當然是主帥的行營。

除了顧惜朝與黃金鱗，當然還有一些將官、兵帶、武林人物，還有吳雙燭、惠千紫、「連雲三亂」等。

赫連春水遙遙望見吳雙燭，眼都紅了。

他因爲信任「天棄四叟」，所以才害得大伙全困在這裡，雖然沒有人直接責備他，但他也清楚洞裡有多少雙眼睛是在埋怨他、怨恨他的。

就算沒有人責斥他，他心裡仍在責斥自己。

他就是因爲信任吳雙燭，所以才去赴宴。

因爲赴宴，殷乘風才會死。

殷乘風的屍體還在洞裡發臭，青天寨的部下沒有人會原諒他的。

赫連春水也不會原諒自己。

況且，他不止於不能原諒，還不能忍受。

他不能再忍受下去。

◇◇◇

這應該是第十三日的凌晨。

他悄悄的爬起身，綁紮好了腕袖、褲管，帶好了兩桿槍，望了望灰黑沉沉的天色：

他本來很想再到上層洞裡，去看看息大娘。

再看最後一眼。

息大娘是跟連雲寨的女眷一起睡的，他本欲悄悄溜進去，但終於止步。

他怕再多看一眼，自己便會失去了勇氣，再也走不成。

死不成。

◇◇◇

他決定死。

只不過在死前，要手刃吳雙燭，最好還能殺死顧惜朝，甚至也能把黃金鱗殺掉，那就更死而無憾了。

——他年，也許大娘會活得下來，跟她的孩子說：就是這樣，赫連公子替我們出了一口冤氣，要不是他……

想到這裡，赫連春水的眼睛就濕潤起來了。他心裡暗罵自己：哭什麼哭！大不了是死，身爲將軍之子，還怕死麼？只不過，傷心的卻不是死那麼簡單……

——可是，大娘已跟戚少商會上了面，自己還留在這兒幹甚麼？這兒，已沒有自己這個「局外人」可留戀處。

「方留戀處，蘭舟催發」，赫連春水忽然想到這兩句詩，外面夜深如水，月明如鏡，今夕何夕？這樣的一夕明月！這樣一横大江！江水滔滔，江畔何人初見月？江月何年初照人？此時相望不相聞，願逐月華流照君。

赫連春水凝望著月色，不禁癡了。

一〇五　江月何年初照人？

人生代代無窮已，江月年年只相似。

赫連春水忽然覺得很傷心。

他剛認識息大娘的時候，戚少商就已經在息大娘心裡結成了臨風玉樹，形象無人可以替代。戚少商當年叱吒風雲，黑白兩道、英雄好漢，只要一聽他的名號，都得叫一聲「要得！」

而他自己呢？赫赫功名，將軍之子，卻不得大娘一眄。

他初見大娘，只覺得她除卻風流端整外，別有繫人心處，似是酒味擺得愈久，味道愈醇。這「繫人心處」，日後就成了他念茲在茲、無時或忘的淒清處、心酸楚處、夢不成眠處。

直到他聽說大娘終忍受不了戚少商的風流蘊藉，自創毀諾城，與戚少商為敵，他也不知是驚、是喜，但一猶疑三躊躇，未敢去找她，怕是乘人之危，怕是伊不理睬：

——若有戚少商，還說是因爲戚少商之故，如果沒有戚少商，大娘都不相就，他又如何自圓？又如何自處？更是情何以堪呢！

結果，他終於等到了。

大娘飛來傳書，找了他來。

他一路春風中馬蹄勁急，把心跳交給了蹄聲。

結果，是大娘求他相助。

相助戚少商。

那時候，他的心已經死了。

——其實，他在「黑山白水」裡，陷入危境，還給「金燕神鷹」追殺，躲入碎雲淵裡，全是他自己安排捏造出來的事。

他希望息大娘注意他。

他希望接近息大娘。

他願意做一切卑屈的事。

那時息大娘仍主持「毀諾城」，他幫不了她，以她倔強的性子，也決不要人相幫，所以，他只好設下布局，反而是他自己先求息大娘相幫，這樣，息大娘有難的時候，才會想到他這個人。否則，以「金燕神鷹」的「雙飛一殺」，又有誰躲得了？就算鐵手相救，也不一定能擋得住。

可是，他第一次知道可以「相助」息大娘，喜悅得一顆心都幾乎飛出了口腔，結果，息大娘只要他幫戚少商。

還是戚少商。

永遠是戚少商。

——一步錯過，永遠的錯失。

——大娘真的從來沒有喜歡過我嗎？

——她真的從未愛過我嗎？

赫連春水想到這些就心痛。這些日子來，他爲她喪盡部下精銳，爲她永生不能返京，爲她消瘦爲她愁，然而，只要天天與她在一起，在這些輾轉的征戰裡，他卻覺得幸福安詳。

他明知她可能只想著戚少商。

也許在同一片明月清輝下，他想著她，她卻想著另外一個人，但只要仍同在一片月華下，負傷忍痛，漫長歲月，他都無怨。

「清輝玉臂寒」，他想到她；「夜夜減清輝」，他也只想到她。不知怎的，想到任何詩句，看到任何美景，他都想到了她，究竟他那顆心已完全是她的，還是他沒有心了，她卻擁有兩顆心？

還是不止兩顆？

尤知味背叛，他不恨他「背叛」，他只恨他不該「背棄」息大娘。功名利祿，怎能換半個大娘？他恨他愚昧無知，恨尤知味這樣荒謬的抉擇還要比恨他賣友求榮更恨得多了。

尤知味死了之後，只剩下了高雞血。

他覺得高雞血跟自己「同病相憐」，既是「水火不相容」，但也「志同道合」。而且，自己永遠要比高雞血高一等，使他感到得意洋洋、足堪自慰。

正如他自覺永遠要比戚少商矮上一截一樣。

可是高雞血也死了。

連番征戰，終於還是被困在此處，他只覺得自己受再重的傷，都不能死，因爲他要活著，活著照顧息大娘。

決不能死。

但俟戚少商回來以後，他覺得在這洞裡，再也沒有他立足之處：他們一群人被困在山洞裡，唇齒相依，敵愾同仇，所不同的是，他覺得自己是一個人，困在自己的心洞裡。

只有一個人。

像只有一個月亮。

多情卻似總無情，唯覺樽前笑不成。蠟燭有心還惜別，替人垂淚到天明。

這雲上的江月呢？照過大娘的玉臂，她皎好的臉，現在照進自己臨死的眼裡。

既然身在情在，身亡呢？

也許就沒有情了。

所以他決定要走了。

臨走前，看看月亮，想想大娘。

——十數年後，同在月下，大娘可會想起我？

◇◇◇

赫連春水一笑。

笑容只一半，凍結在臉上，變成了無奈。

他提槍便走。

這兩柄槍對赫連春水而言，真比任何人都親。

因爲每在他的生死關頭，總是這兩把槍替他解圍、替他開道、替他槍挑仇人頭。

這兩柄槍，一把就像是他的妻子，一柄就像是他的情人。

——他死了之後，槍會落在誰的手裡？

本來一個人死了，便管不了那麼多了。

可是他想把一柄槍送給息大娘，一柄槍陪他去作最後一次衝殺。

刺殺最後一個敵人。

挑下最後一回衝刺。

掀起最後一次江湖浪。

——不過大娘並不用槍。

他甚至不敢肯定，大娘會不會接受他的槍，正如他完全沒有把握，大娘在他死後，會不會流一滴淚。

江月無聲。

強敵滿布。

他抄起了槍，立刻就要衝出去。

他只拿住了槍，並沒有拿起了槍。

因爲槍的另一端，被人執住。

一雙清輝玉臂寒的手。

美麗的柔荑。

月下的人。

月影微斜，恰半的篩進洞裡來。

一個柔生生的俏人兒，似笑非笑的凝睇著他，眼色卻是幽怨的。

「你既然一定要去送死，何不把這柄槍送給我，留作紀念？」息大娘幽幽地道。

赫連春水只覺熱血往上沖，一句話都說不出來。

「你如果不肯送給我，何不把它借給我，我跟你一起去衝它一衝？」息大娘仍在悠悠的說，「假使你都不願意，那麼，願不願意跟我再說幾句話，然後才去死？」

赫連春水喃喃地道：「我……我……」

息大娘唉的一聲。

這一聲嘆息，把整座江上的月色，都愁了起來。

一時間，赫連春水心都疼了。

洞穴裡有許多岩壁暗影，赫連春水只敢望著黯影，不敢看亮的地方。

亮光會反映淚光。

英雄有淚不輕彈，只是未到——

「你覺得守在這兒，是毫無希望了？」息大娘問，「橫死豎死，不如衝出去殺一陣才死，總好過等死，是不是？」

赫連春水覺得息大娘很不瞭解他，所以道：「不是。」

「你覺得應該要去行刺顧惜朝和黃金鱗，因爲你對赴宴一事，十分內疚，想將功贖罪，是不是？」息大娘說：「還是你不同意我們枯守這兒、坐以待斃的戰略，想去討一個大功回來？」

赫連春水更覺得委屈，一股悲愴，鯁在喉嚨，反而淡淡的道：「當然不是。」

「且不管是不是，」息大娘道：「你瞭不瞭解顧惜朝的爲人、黃金鱗的作風？」

赫連春水心裡只想說：你也不瞭解我，你不瞭解我！只口裡甚麼都沒有說。

息大娘道：「顧惜朝的手段，是從不露出弱點可讓人知道，如果他向你露出弱點，很可能那反而是他最強之處。」

她頓了頓又道：「至於黃金鱗，他的退，往往就是他的進；他追的時候，反而很可能是退。如果他退了三步，可能是進了三步。這兩種人在一起，擺明了那裡是自己的總營，就算你進得去，那兒也只能是刀山火海、天羅地網等著你。」

赫連春水冷冷一笑：我本來就是去送死，我不在乎。你不會瞭解的。

「況且，最近這幾天，他們已調集了各路兵馬，各方高手，齊來對付我們。其中有黑道中極可怕的人物『血雨飛霜』曾應得，他是來藉此和官府掛鉤的，也有正道人物『豆王』歐陽鬥，他長得一臉痘子，擅施的暗器也是豆子，各類各式的豆子，他這人一向持正衛道，但生性太直，可能只以爲是官府剿匪，理應相助，被人利用尚且懵然不知，但此人武功極高，不可輕視；」息大娘繼續道，「另外還有當年遠征西域的『敦煌將軍』張十騎，以及綠林道上第一把硬手『粉面白無常』休生，加上吳雙燭與惠千紫，有這些人在，所以他們才好整以暇，不怕我們飛得上天。」

赫連春水淡淡地道：「我們確是飛不上天。」他心中忖：但我卻可以去死。

「但我卻知道你不是爲了這些而出去的。」

息大娘忽把話題一轉。

「你是去送死的。」她說，說得很慢，很緩，很柔：「你是爲了我才去送死的。」

赫連春水心頭一震，忍不住又要去看她。

那夢裡才能看得真切的女子。

「龔翠環都告訴我了。」息大娘說，「她說，你要她如果活得出去的話，求赫連將軍派兵來助我，並助我重建『毀諾城』，說這是你死前的最後心願……」

息大娘柔柔一笑道：「所以她很擔心。她是上了年紀的婦人，她雖然是你家的僕人，可是她當你是她親生孩子一般，她告訴我，她不知怎麼辦是好。你實在不該叫她擔心的。」

「不止她擔心，我也擔心。」息大娘柔柔的道，「你更不該教我也擔心的。」

赫連春水一時囁嚅不出半句話來。

息大娘又唉了一聲。

江風明月，這一嘆彷彿傳了千古，傳了萬年，再自江風送來，耳畔乍聽似的。

「我怎麼不明白你的心意？」息大娘靜靜的說，「我明白你的心意。」

「大娘，我……」

「我陪了他這許多年，讓你受苦這許多年，這些日子來，我發覺跟他，反而是義氣的多；我實在應該陪陪你的。」息大娘輕輕的說，「我知道我這樣說法，對他很殘忍，所以還在逃難的時候，他還未重建連雲寨之前，我還是會留在他的身邊，不會離開他的。」

她一笑又道：「雖然，我們都不知道，是不是還能活著離開這個地方。」

赫連春水只聽得心頭熱血翻動，顫著聲道：「大娘，妳是同情我，可憐我，才這樣說的，是不是？」

息大娘平靜地道：

「不是。」

「只不過，」息大娘隔了一會，才接道，「高雞血死後，我這感覺，才分外強烈些。」

赫連春水激動得走前一步，兩手搭在息大娘肩上，忽又覺唐突，忙縮回雙手，只說：「可是，不可能的，妳……」

「少商沒有來，我食不安，寢不樂，」息大娘清清的道：「現在他來了。我當他是大哥，一個相依爲命的人，這些江湖歲月裡，愈漸覺得，我想助他復仇，但我想陪你過一輩子。」

她的臉靨如同明月一般皎潔：「因爲，我已害了你半輩子，我從來未曾陪過你，你卻在困難危艱中，伴我共度。」

她握著赫連春水的手，說：「所以，你不要去送死，好不好？」

她眼裡也閃著淚光，「好不好呢？」

赫連春水只覺得自己浸沉在一種極大的幸福之中，幾乎喜樂得要大叫出聲，只喃喃地道：「大娘，大娘，紅淚，紅淚，我好開心，我好快樂……」

息大娘嫣然一笑。

赫連春水忽想起甚麼似的，說：「可是，戚寨主那兒——」

「等一切平定了之後，我才告訴他：」息大娘堅定地道，「只要他能復起，只要他能報仇，我便不欠他甚麼了。」

她說：「他也不欠我甚麼了。」

潺潺江流。

悠悠明月。

◇◇◇

月亮像戀愛一般輕柔的爬滿了山壁、岩洞、穴孔、土坑……

再明麗的月亮，也照不亮所有的暗處。

這層山洞裡最暗的一個地方，有一個人，就在這個時候，踩在洞裡最暗的黯處，離開了這兒。

他離得好遠，身影蹌踉，像受了重傷一般，轉入了幾個山洞，才敢把忍住的咳嗽，輕而沉重的咳了出來。

他咳的時候，全身都在抽搐著，像把肺都要咳出來似的，他雙肩高聳了起來，月亮映照下，就像一隻瀕死的白鶴，看去竟有些似雷捲。

他當然不是雷捲。

他是戚少商。

由於他只有一條臂，所以看去更加伶仃、更要淒寒，分外單薄，分外枯寂。

◇◇◇◇◇◇

——大娘，妳不明白：縱使我得到了全世界，而失去了妳，我究竟得到了些甚麼？如果我沒有了妳，我是甚麼？紅淚，原來妳並不明白我，一點都不明白我，一直都不明白我！

戚少商覺得喉頭發苦，吐出來竟是血。

原來血是苦的。

這些日子以來，常常受創，傷未痊癒，吐血並不異常，但所有的創傷加起來，總不如這一刀深。

——因爲這刀是妳砍的，大娘。

戚少商長吸一口氣，他明白自己不能再欠負累息大娘，可是，從第一次乍逢驚艷，他們離離合合，爭爭吵吵，幾時靜息過？如許歲月，如許憂歡。他輝煌時，只希望輝煌給她看；而她美麗時，只希望美麗給他看。可是一個美麗，一個輝煌，總是錯過了，從今生今世，就不能償補了……月光，月光真是寂寞如雪啊。

戚少商關切洞裡洞內的一切風吹草動，他也察覺赫連春水不大對勁，所以暗中留意他的行動，但卻無意中聽到了息大娘這番話。

他白衣蒼寒。

劍若青霜。

唇緊抿。

鼻高挺。

人傲。

可是他已經死了。

他的人還未死，可是心卻死了。

自從聽到這一番話，他就等於不曾活過。

曉鏡但愁雲鬢改，夜吟應覺月光寒。

我會成全妳的。戚少商心中只有一句句如一刀刀砍著的話，我會成全的，大娘……就像妳當年曾為我念：

「思君如明月……」

思君……

明月……

江水濤濤。

何年初照？

戚少商忽然昇起了一句自擬的詩：

為情傷心為情絕

萬一無情活不成

他一笑。笑得比哭還無依。

直至「天亮」，他才發現自己未曾死去。

而且仍在活著。

悲悲哀哀般活著，然後裝得快快樂樂。

——這種活著，是不是比死還難受？

——這樣活著，是不是比死還像死？

戚少商撫摸自己斷臂的傷處，彷彿，斷臂才是昨夜的事。

一〇六　生死有情

就算不是因爲饑饉，群俠在洞裡再也耽不下去了。因爲易水漲了。

由於天氣的變化，影響水流，水浸入洞，低窪的地方就變成一片水澤，逐漸只剩下兩成不到的洞穴，可以避免水淹。

官兵現在只須集中監視那幾個較高的岩洞，便可以控制群俠的一切舉措。

勇成本來建議大家不妨藉水浸入岩洞時，反逆遊出去逃生，但這條路卻行不通。

因爲洞中的人，大多數是旱鴨子，而又多有家眷，逆水潛泳出江口，這不但要水性很好，而且也凶險無比的事。

更何況官兵早已布署停妥，江上早停著數十快艇、蓬舟、風船，嚴加把守，而監守江面的高手，除了統管水師的「鐵桅」陳洋之外，還有「三十六臂」申子淺和「血鹽」侯失劍。

侯失劍和申子淺原本是尤知味的結拜弟兄，是黑道上字號叫得極響人物，可能是得悉尤知味喪命於「青天寨」之故，全都加入官兵的剿敉行動中，尋圖「報復」。

像這樣的銅牆鐵壁，任誰都闖不過去。

就算能闖得過去，也必已張結天羅地網。

但留在洞裡，也不是辦法。

剩下不爲水浸之地，也常受攻襲。

官兵不住射來火箭，著地即燃，原本洞穴毗接，不難閃躲，但如今全都聚集在幾處，加上家眷的負累，以及飢餓的困擾，群俠實在疲於應付、枯守不下去了。

他們終於明瞭了：官兵爲何一直只團團圍住，遲遲不發動全面攻勢，原來就是要等江水漲昇。

這一等，官兵聲勢愈來愈壯大。

群俠愈來愈疲弱。

這一戰不必交手，就已經知道結果。

其實，像鐵手、息大娘、勇成等都可以先潛泳出去，或許能夠逃得性命，不過，這時候，誰都不忍心把其餘的人撇在這裡、置之不理。至於戚少商、赫連春水、唐肯都不諳泳術或不善泳，根本就無法可施。

他們無法可施，官兵卻步步進迫。

他們以鐵盾護身，結成數百人爲一隊，迎面攏近。

鐵手知道他們再不出去應戰，恐怕就得被人迫死在洞裡了。

如果出去應戰……

——這一戰的後果將不可收拾。

一個人到了無可選擇的時候，也就是最悲哀的時候。

可惜人常常都會遇上這些時候。

一群人有時也會遇上這種情形。

現在他們就遇上了這種情形。

那有甚麼辦法呢？鐵手忽然哈哈大笑，笑聲響遍洞內，他長吟道：「天地長情，人生常哀，生死何足珍！人只要死得坦蕩、死得其所，也不枉此一生了！」

戚少商叱道：「好！」喊到一半，揚手接下一箭。

鐵手豪笑道：「你這半個好字，足以擊碎半壁江山！」

息大娘嘆道：「可惜就是這些人，只忙著對付自己人，卻任由撻子蹂躪我們大好河山！」

赫連春水紅了眼睛：「好！咱們是大金殿前永不後退的龍，縱相忘於江湖，不見於天地之悠悠，也不枉相識這一場！」

鐵手見敵兵的鐵盾陣已逼近洞口，知時間無多，長笑道：「只惜追命三弟不在，否則，該在出戰前，當痛飲三百杯！」

戚少商大聲道：「可惜勞二當家、阮老三、穆四弟……都不在此，否則，咱們可以好好的殺上這一場！」

「無情師兄若在，他一定冷靜沉著，絕不慌惶。」鐵手喃喃自語：「小師弟若然在此，一定早已奮身出去拚命！」

卻忽然聽到一名青天寨徒眾低聲嘆道：「唉，殷寨主已去世，我們怎抵擋得了……」

鐵手聽得一聲怒吼，道：「但使龍城飛將在，不教胡馬渡陰山！管他誰在，咱們就拚了這一場！」

一語方畢，他已雙掌一挫，當先衝出去！

戚少商看了息大娘一眼，那一眼裡，千言萬語，無窮無盡。

息大娘忽然覺得，她在此時此際應說一些吉利的話，便說：「我們都要活著，而且要好好的活下去。」

戚少商一點頭，提劍衝出。

息大娘也跟著掠了出去，只覺一人也緊躡而出，正是赫連春水！

◇◇◇

群俠一旦湧出，本來千數強矢就要射來，但這時「鐵盾軍」離洞口已近，若攻箭恐會傷及自己人，便不敢貿然發弩；鐵手第一個躍出，以沛然的掌力衝開鐵盾銅牌的幾個缺口，官兵一時陣亂，群俠相繼衝出，一湧而上，與官兵分別廝殺起來。

這一來，正是殺聲震天，風雲變色。

官兵比群俠人數多出十倍都不止，而且不急於殲滅，把水面和岩洞四周緊緊包圍著，務使不讓有漏網之魚。

赫連春水只想拚命。

他找上吳雙燭。

他因爲信任吳雙燭，才會有這樣的結果。

殷乘風的死，他一直耿耿於懷。

吳雙燭也恨透了赫連春水。

因爲當他穴道被解後，發現自己三個結拜兄弟：劉單雲、巴三奇、海托山，盡皆死了，悲痛使他無法去深究是誰殺了他們，他只想爲兄弟們報仇！

吳雙燭的折鐵雁翎刀和赫連春水的白纓素桿三稜瓦面槍，鬥在一起，一時勢均力敵，但「血雨飛霜」的三廷狼牙穿，加入了戰場，赫連春水立時左支右絀，險象環生。

戚少商單臂揮劍，連殺數人，顧惜朝的一刀一斧，已找上了他。

兩人仇人見面，分外眼紅，招招搶攻，要拚出生死，可是老奸巨滑的顧惜朝，怎肯單打獨鬥？「粉面白無常」休生，手持十三節骷髏鞭，步步進迫，戚少商單劍敵四手，迭遇險招。

這群人中，自以鐵手爲最強。

他一下子就釘上黃金鱗。

只有把黃金鱗拿下，或能使部分人安然脫險：至於自己，鐵手早已豁出了性命。

黃金鱗的魚鱗紫金刀，刀風霍霍，同時「敦煌將軍」張十騎和「豆王」歐陽鬥，一個揮舞虬龍桿棒，一個以九合無絲鎖子槍，三人聯手合攻鐵手，鐵手縱有天大的本領，要孤掌擊敗這三名一流好手，又談何容易？更何況是鐵手身上仍負傷不輕！

息大娘、唐肯、勇成領眷屬們退到江邊，「鐵桅」陳洋的大力黃金杵，運舞如風，獨鬥龔翠環和喜來錦，息大娘卻給「三十六臂」中子淺的三梭透骨錐牽制著，加上「血鹽」侯失劍的銳鋼虎頭刀，纏戰不休。

唐肯和勇成雙雙苦鬥惠千紫的短鋒鋸齒刀，「連雲三亂」趁機率兵衝殺，一時間各路人馬，都殺得鬼泣神號。

群俠落盡下風。

馮亂虎、宋亂水、郭亂步三人趁亂找便宜，釘上了唐肯與勇成。

他們都試過息大娘、鐵手、赫連春水、戚少商的厲害，便專找弱點子下手。

唐肯和勇成便是他們認爲的弱點子。

三人一加入戰團，唐肯和勇成怎支撐得住？「連雲三亂」爲討好芳心，更加費力進攻，勇成一雙鐵腳，才把郭亂步踢飛，惠千紫已一刀刺入他的後心。

勇成半聲未吭，唐肯卻大吼一聲。

唐肯大刀飛砍惠千紫。

惠千紫急退，刀勢一划，鮮血飛濺！

唐肯正要追擊，勇成已悶哼倒下，宋亂水和馮亂虎也纏住了他。

就在這時，「虎頭刀」龔翠環也著陳洋一杵，吐血踣地，巡捕班頭喜來錦情勢更爲凶險。

惠千紫一刀得手，見唐肯被連雲三亂苦纏，又想再暗算一記，忽然，勇成躍起，一腳踹在她的背上。

惠千紫哀叫一聲，翻空出刀，一刀砍在勇成額上。

勇成不閃不躲，凌空出腳，又踢中惠千紫腰肢，惠千紫遠遠的飛了出去。

「連雲三亂」登時無心戀戰，掠去看惠千紫的傷勢，卻見惠千紫連受兩下重踢，只剩下了半口氣，眼看是活不成了。

宋亂水怒道：「是不是！我都說不要爭了，現在她快要死了，還搶個什麼！」

馮亂虎嘿聲道：「你還來怨我們！不是你先爭，又有誰跟我爭！」

郭亂步也憤憤地道：「現在還爭個屁用！人都快要死了，放著個標緻的美人兒，連用都沒機會用上一次。可惜，可惜！」

宋亂水不甘心地道：「都是黃大人，不是他一直占用著，說不定她早就對我們千依百順了！」

郭亂步低聲叱道：「住嘴！你敢在背後說黃大人的壞話！」

宋亂水吐舌道：「不敢，不敢。」

馮亂虎沒精打采地道：「敢不敢都沒用了，人快要死了，嗳，讓我摸一摸也好。」

宋亂水一把砸開他的手掌，喝道：「別動她！她是我的！」

郭亂步冷笑道：「誰是你這個傻蛋的！你別欺負死人不會說話！」

惠千紫其實還沒有死，她只是在彌留狀態，周遭的喊殺聲，彷彿已離開她愈來愈遙遠，倒是這「連雲三亂」的爭吵，在耳邊愈是清晰。

她聽到了這些話，臨死前，真不知有甚麼感覺。

◇◇◇

惠千紫死了。勇成也死了。

這些死亡僅僅只是開始。

「連雲三亂」一退，唐肯立即忍痛地扶著勇成，但誰都知道勇成是斷了氣了。

他臨死前的一擊，畢竟也把仇人殺死。

唐肯噙著兩眼的淚，揮刀狂斫陳洋，與喜來錦雙鬥陳洋的大力黃金杵。

但那邊的戰團又見了血。

赫連春水的「殘山剩水奪命槍」，以拚命槍法，一槍刺中吳雙燭。

吳雙燭也一刀砍中了他。

吳雙燭倒地呻吟，「血雨飛霜」曾應得的三廷狼牙穿卻對赫連春水展開瘋狂的攻擊。

赫連春水的白纓素桿三稜瓦面槍被砸飛，他立即拔出二截三駁紅纓槍，繼續苦戰「血雨飛霜」。

不過，他自己心裡非常清楚：

不出十招，他就要死在三廷狼牙穿下。

——大娘，大娘，我也要死了……

——大娘，就算我死，也要多看妳一眼……

他勉強撐持，放眼望去，卻看不見息大娘。

他原本一直都有留意息大娘的位置，知道息大娘正與申子淺和侯失劍苦鬥，片刻裡還不致落敗，但現在竟沒有了息大娘的蹤影。

他這一驚，真是非同小可！

這一分心之下，手中長槍，又被震飛。

「血雨飛霜」的三廷狼牙穿，像十隻窮凶極惡的野狼，同時張牙舞爪，向他噬來。

——大娘！

「大娘！」

妳在哪裡？

——妳在哪裡!?

◇◇◇

息大娘仍影蹤不見。

一個人卻無聲無息的逼近他背後，他感覺到了，卻不知是誰。

他立時變得背腹受敵。

他知道他完了。

他一生人最遺憾一件事：從他身死前的最後一眼，也還是看不見息大娘。

看不見息大娘！

◇◇◇

看得見又怎樣？

看不見又如何？

但對赫連春水而言，這時候不知息大娘安危，是比死還痛苦的事。

可是戚少商呢？

他本來還可以勉強應付，但聽赫連春水這一聲淒喊，他心一亂，忙放目搜尋息大娘，左脅立即著了「粉臉白無常」的一鞭。

顧惜朝立時攫向他。

刀。

斧。

戚少商慘笑：自己終於還是要死在顧惜朝的刀斧之下。

他以青龍劍強撐數招，但眼睛還在到處搜尋：大娘大娘妳在哪裡？

生死已變得不重要。
息大娘的安危才重要。
世上的長情，已逾越過生，逾越過死，比生死還不朽無盡。
但人生卻有盡頭。
人生的盡頭就是死。
人一死了，人生的路便走盡了。
千山萬水，除情以外，都是寂寞獨行路。
其實寂寞傷心，又何能除卻情之一字呢？

◇◇◇

在赫連春水與戚少商遇危的同時、死前的一剎，同時只想到息大娘，同樣只關切息大娘。
兩個不同的人，同一的境遇，同一的心情。
情之傷人，情之動人，一至於斯，一至於此。

一〇七　我們又在一起了！

鐵手怒吼。

因爲他同時發現：戚少商危殆、赫連春水凶險。

他內力源源迫發，雙掌拍出，左擊黃金鱗，右劈張十騎。

張十騎、黃金鱗一齊被他掌力迫退丈外。

可是，歐陽鬥突然袖子一揚。

天色忽然一黯。

至少有三百顆豆子，一齊像麻蜂一般的向他叮來。

鐵手吐氣揚聲，雙掌上揚，將豆子激飛天外，向官兵叢中迸射而去。

官兵們一陣惶叫急喊，哎唷連聲，竟倒下了一、二十人。

鐵手才向上推出，歐陽鬥雙掌已分別拍中鐵手胸前！

鐵手大喝一聲。

歐陽鬥也喝了一聲。

鐵手連中兩掌，幌也不幌一下。

歐陽鬥喝了那一聲之後，卻立步不穩，連退七、八步。

不過，張十騎卻似一陣旋風般到了鐵手身前。

他剛才被震飛出去，但足不沾地的又似一陣風地「刮」了回來。

他手中的虬龍桿棒，橫掃鐵手。

鐵手雙肱一沉，硬受一擊。

張十騎打橫退出十一步，只覺血氣翻騰，想叫一聲：「好！」但一開口，喉頭一甜，幾乎吐血。

鐵手以一身精湛的內功，連挫二大高手，可惜，他沒有第三隻手，也沒有人來讓他緩一緩氣。

黃金鱗已繞到他背後，一刀砍在他背上。

◇◇◇

突然，一把劍，窄、長、尖而銳、顫動而迅急，無聲無息，發現時已急挑黃金鱗握刀的手腕。

黃金鱗暗喫一驚。

他雖巴不得手刃鐵手，但總不成爲了殺鐵手而丟掉一隻臂膀，更何況大局已定，殺鐵手是遲早的事，也不爭在一時。

他急忙縮手，迴刀，一刀反砍來人。

他不砍還好。

一砍，那人不閃，不避，一劍反刺他的胸前「膻中穴」。

黃金鱗又是一凜，這人應變怎麼這般迅急？莫不是殷乘風未死？忙連退三步，刀勢一變，飛斬那人手腕！

殊料那人不退反進，劍勢直刺黃金鱗咽喉！

一招比一招狠！

一劍比一劍絕！

黃金鱗怪叫一聲，猛一吸氣、全身一縮，這時可見出他養尊處優但一身功夫決未擱下，在這等情形下，仍能以大旋風轉身，跺子跟腳，一刀反撩對方下顎。

不料那人劍勢頓也不頓，如流星閃電，在黃金鱗刀意剛起、刀勢未至之際，已劍刺黃金鱗的眉心穴，攻勢絕對要比殷乘風的快劍還要凌厲百倍！

黃金鱗甚至可以感覺到劍鋒砭刺額膚的寒悸。

——這人竟不要命了！

——怎麼招招都是這種玉石俱焚的搶攻！

——怎麼劍劍皆是這般兩敗俱亡的打法！

黃金鱗也是應變奇速之人，當下雙腿全力一蹬，全身鐵板橋、鷂子翻身、細胸巧穿雲，三記身法，一式同施，險險閃開一劍，眼前只見一個堅忍而英挺的年輕人，手裡有一柄劍，而那柄劍現在又追叮自己的咽喉！

——這是誰!?

——難道是他!?

黃金鱗此驚非同小可，心念電轉。

◇◇◇

黃金鱗猛想起一個人。

一個傳說中的人。

在江湖上，每個人都聽說過他的名字，不過，在武林中，談起這個人的時候，通常都把他跟其他三個人的名字並列。

他是誰？

◇◇◇

歐陽鬥又要撒豆子了。

他一揚手就是一蓬豆子：其中包括蠶豆、綠豆、紅豆、黃豆、黑豆、青豆、扁豆、大豆、巴豆……有軟有硬，有大有小，但在他手中撒來，都是比暗器更厲害的暗器。

他撒向鐵手的臉門。

鐵手只要中了這一把，臉孔就要變成麻蜂窩一般。

不過，他也知道這一撒手未必能傷得了鐵手，所以，真正的殺手，是在九合無絲鎖子槍，正倏點刺戳鐵手的下盤。

他已看準鐵手的一身功夫，主要在一雙手上。

一個人花太多時間在一雙手上，下盤功夫就難免有點欠缺，反之亦然。

歐陽鬥的眼界極準。

他看對了。

但做錯了。

因爲他的豆子，忽然紛紛落地。

每一顆豆子，都被擊落。

是被暗器擊落的。

暗器極細，包括有：蜻蜓鏢、黃蜂針、喪門釘、恨天芒、透骨刺、天外遊絲、金蠅珠、情人髮、珍珠淚……等等絕門暗器。有的暗器，連名稱也沒有；有的暗器，當今武林已無人會使；而今卻在同一人之手、同一刹那間全使出來，把自己撒出的豆子，盡皆擊落。

歐陽鬥大喫一驚，那一槍也刺不出去了。

他抬頭一望，只見一個蒼白而冷雋的青年，雙腿盤膝而坐，不知何時已在自己身前，正冷冷的瞧著他，冷冷的問了一句：「你如果還有豆子，不妨把它都撒出來。」

歐陽鬥驀地想起一人，失聲道：「你——」

那青年微微一笑，笑時也寒傲似冰：「你有豆子，我有暗器，公平得很。」

他目光流露出一種極度的自傲與自信，「我一向十分公平。」

然而他只是一個殘廢。

天底下有哪一個雙腿俱廢的人，能有這等自信、還有這手能令人動魄驚心的暗器？

有。

至少有一個。

不過這個人，通常與其他三人並稱。

他是誰呢？

張十騎把虬龍桿棒飛舞狂旋，怒擊鐵手！

他恨鐵手，身為公差，又貴為御封「名捕」之一，居然還勾結匪黨，他一向公正嚴明，所以更要把鐵手這等「害群之馬」剷除！

他這一棒，足可開山裂石。

但這一棒，卻打在葫蘆上。

「蓬」的一聲，那葫蘆卻不知是甚麼製成的，居然打不碎，完好如常。這一擊，卻擊起葫蘆咀裡的一股酒泉，直噴到他臉上！

張十騎忙揮袖急退，但仍給不少酒珠濺在臉上，只覺酒沾之處，一陣熱辣辣的痛，以為是毒液，急亂了手腳。

只聽一人笑道：「這只是烈酒，決不是毒酒！」他一面笑著，一面說話，一面出腿。話說完這一句，已踢出五十二腿，張十騎只覺腳影如山，桿棒左攔右架、上封下格，卻抵擋不住，一口氣幾乎喘不過來。

那人一輪腿踢完，停了下來，又咕嚕嚕的喝了一大口酒，笑問：「怎麼？你休息夠了沒有？」

張十騎心中一動，倏地想起一人，正要發話，那風霜而又豪邁的人大笑道：「你歇了口氣，我可又要來了！」全身飛起，雙腿比手還靈活，一連蹴出一十六腿，每一腳踢出來的角度，都詭異莫測、匪夷所思！

張十騎連忙全神貫注，竭力應付，心中卻想：

難道是他？

◇◇◇

誰是他？

他是一個名動江湖而遊戲人間的人物，不過，黑、白兩道提起這個人名字的時候，通常都把他和他的三位師兄弟的名字並提。

——他是誰呢？

◇◇◇

鐵手一見這三人，血氣上衝，豪興斗發，神威抖擻，容光煥發，忍不住大聲叫道：「你們來了！」

冷雋而殘廢的白衣青年笑道：「遇上這種事，我們怎能不來？」他這樣笑的時候，就不那麼寒傲了。

滄桑而戲謔的中年人笑道：「我們是來遲了，但卻一定會來。」他笑起來，很有一股灑脫的味道。

英俊而堅忍的年輕人也笑道：「我們終於來了！」他笑起來十分英俊好看。

一時間，四個人忍不住一齊歡忭的道：「我們又在一起了。」

◇◇◇

他們雖在說著話，但各人手下腿上，都不歇著。

黃金鱗、張十騎、歐陽冂的心一齊往下沉，因爲他們都聽說過一句話：

一句江湖上流行了很久的話：

一句已經可以算得上是武林裡至理名言的話：

「四大名捕，天下無阻；
四人聯手，邪魔絕路。」

◇◇◇

他們是四大名捕。
白衣殘足的是大師兄無情，滄桑中年人是三師弟追命，年輕堅毅的是小師弟冷血。
他們當然都有自己本來的名字，可是因爲他們的外號太出名，所以江湖上知道他們原來名字的人，反而不多。

他們當然是「四大名捕」。

◇◇◇◇◇◇

「血雨飛霜」的狼牙穿，穿不過赫連春水的身體，因爲息大娘已搶近赫連春水背後，用她的七色小弓，射出了她的暗器：「刺蝟」，倒穿過了他的掌心。

「滅魔彈月弩」的威力，非同少可，何況是在近距離發射，「刺蝟」更是絕難應付的暗器，曾應得悶哼一聲，三廷狼牙穿落地，捂手急退。

赫連春水忘了一切，只喜叫道：「大娘……」心頭一酸，幾乎落淚。

戚少商當然也沒有死在顧惜朝的刀斧之下。

因爲戚少商身前突然多了一個人。

一個又瘦、又弱、又青、又白、又病、又怕冷、身上穿著厚厚的毛裘、兩眼有點發綠、兩頰微呈火紅色的人。

這個人瑟縮在毛裘裡，可是顧惜朝一見到他，就像見到鬼一樣。

因爲他的鼻骨，便曾是因此人彈指而碎的。

他在此人手下吃過大虧。

這個人，當然就是——戚少商喜叫道：「捲哥！」

江南、霹靂堂、雷門、雷捲。

◇◇◇

息大娘為何「不見了」？那是因為唐晚詞突然在戰團出現，雙刀一掣，先發制人，各傷了申子淺和侯失劍，刀，唐晚詞和息大娘兩人又在一起，雙刀短劍一繩鏢，相視一笑，息大娘即轉去其他戰團援助，並及時解救赫連春水之危，唐晚詞則與喜來錦、唐肯力敵陳洋、侯失劍、申子淺三人。

張十騎又驚又怒，急叱道：「你們要造反不成！四大名捕——」

話未說完，陳洋已捱了一名自旁閃出來的巨斧大漢一肘，哇地口吐鮮血，眼見是無力再戰了。

無情淡淡一笑道：「要是造反，我們怎突破得了你們重重軍馬，直入戰團？」

追命笑著又灌了一口酒，接道：「我們當然是奉命而來的。」

張十騎是威鎮邊疆的大將，他立即問：「奉命，奉誰的命？」

冷血截道：「奉聖上之命。」

這句話一出，眾皆動容。

黃金鱗見勢不妙，即道：「聖旨何在？」

追命道：「馬上就到，我們怕貽成大錯，先行一步，來阻止你們下辣手。」

陳洋是水上將官，他忍傷問：「我們憑甚麼相信你們說的是真話？」

「我們說的當然是真話。」無情伸手一引，人群立分，只見有三人三騎，並策而來，後面跟著大隊兵馬，全是隸屬京師的親兵。

黃金鱗一望，只見三騎均是氣派非凡，官服官靴，左首邊是名武官，紫膛臉，深目濃眉、面色紅潤；右首是一名帶刀侍衛，但官銜極高，青子官靴、四開楔夾褶大褂，紅布刀衣，目含神光，顧盼間一團正氣；居中的是一名老太監，面如蟹，色近青磚，白眉如雪，唇角下撇，威儀肅肅。

黃金鱗心往下沉，因爲來的三人，左邊的是傅相爺得力親信，亦在朝中當一品官的龍八，右首那邊的是諸葛先生爲皇帝布防的帶刀一等侍衛副頭領舒無戲，而居中的太監，是皇上的近身，宮中人都稱之爲「米公公」，聽說一身內外功夫，已高到不可思議的地步。

這一下子，來了三個人，全是朝廷中的要人，而且，其所屬均大不相同，其中米公公口中說出來的話，幾乎已等於聖旨一樣，至於龍八和舒無戲，也足能代表傅丞相和諸葛先生。

他們立時拜見三人。

黃金鱗的心往下沉，顧惜朝的心也往下沉。

他們心中唯一的寄望是：幸好傅相爺的親信龍八也來了，如果萬一有什麼不利的變化，龍八一定會挺身相護的。

可是最令他們心驚肉跳的話，便是由這人的口中說出來：「黃金鱗、顧惜朝，枉朝廷予你們重任，丞相大人提拔你們，你們竟私下勾結，擅下軍令，逼害忠良之士，這還成何體統，像什麼話！」

這句話猶如晴天霹靂，黃金鱗、顧惜朝震愕當場！

其他如陳洋、張十騎、歐陽鬥、休生、曾應得等，始知事有蹺蹊，面面相顧，只怕大禍臨頭，作聲不得。

黃金鱗顫聲申辯道：「下官知罪。下官有要情相稟……」

龍八吆喝道：「還狡辯什麼，聖旨馬上就到了，你還狡賴，想罪加一等是不是!?」

黃金鱗這回三魂嚇去了七魄，全身抖哆了起來，只顧跪地求饒。

顧惜朝畢竟是武林中人，有點膽識，忍不住抗聲道：「稟各位大人：小民任教匪總指揮一事，確是丞相大人委派，小民懷裡還有委任狀——」

「胡說！」龍八截叱道：「丞相大人早已飛騎追回委任書，要你們繳回印信，你們一直延展不從，而今還在此狡賴不成！」

顧惜朝心中叫起撞天屈來，那居中的太監忽道：「你們辯也無益，聖旨由楊公公親奉，片刻就到，我們跟四大名捕先趕前頭，制止你們草菅人命。」

陳洋在旁忍不住道：「可是……他們的確是盜匪啊……」

話未說完，龍八喝道：「來啊！」

後面的亮花頂、開雕袍的武官，齊喝吆一聲，垂手領命，龍八道：「拿下此人，先掌咀三十，押待後審！如有縱容，小心你們的腦袋！」

八名武官齊聲道：「是。」

一齊過去把陳洋控背一扳，四把厚背朴刀交錯架著脖子，劈劈拍拍的連聲掌咀，也不容他再作申辯。

這一來，人人都噤若寒蟬，哪敢再分辯半句？

一〇八　危機

局面已完全控制下來。

戚少商、息大娘、赫連春水、唐肯的噩夢已過去。

雲開見日。

奉聖旨的楊公公雖未到來，但米公公、龍八和舒無戲來了，從他們的言談舉止，看來局面已有了翻天覆地的大變化：

黃金鱗、顧惜朝、文張等已失勢，他們的上司爲求自保，不惜「棄車保帥」。

於是黃金鱗和顧惜朝，不但無功，反而有過，戚少商、息大娘、雷捲、鐵手、唐肯等，卻獲得「平反」。

果然如此。

直至楊公公在軍隊簇擁下趕到，宣讀聖旨，准予戚少商重建「連雲寨」，息大娘重整「毀諾城」，並撥大量銀餉以示支助，而「匡護良善」論功行賞的名單：竟是赫連春水、唐肯、高雞血、韋鴨毛、殷乘風、雷捲等人。

不過，對黃金鱗、顧惜朝等人，也並無責罰，只不過「留候查辦」。

爲什麼會有這樣的劇變呢？

一些被追殺千里、家破人亡的「通緝犯」，突然搖身一變，變爲受朝廷封賞的「忠臣烈士」；一些追擊窮寇、趕盡殺絕的朝廷鷹犬，突然權勢傾覆，變成待罪之身惶惶然不知自處。

——這算甚麼!?

對流亡數千里、輾轉數十戰、友死親亡、家散業毀的戚少商而言，心中只有荒謬二字！

——這算是什麼朝廷封賜!?

——聖旨又如何!?

他本來就是反朝廷的劣政，抗旨又何懼!?

無情卻由銀劍和鐵劍扶上了木輪椅，推了近來，低聲在他耳畔說：「戚寨主，這是你唯一翻身的機會，就算你不為自己著想，也應爲維護你的朋友打算，你們當然不想一輩子流亡無終日，一世人受官方通緝，你領旨謝恩，只是權宜之策，莫忘了若能報仇雪恨，又何必在乎眼前忍讓？」

戚少商低聲道：「我明白。」

他明白。
他明白他自己的處境。
他明白應爲大局著想。
他明白他們的心意。
他更明白，他要報仇，爲死去的人報仇，他不能讓他們白白送命，爲了復仇，他不惜犧牲一切。

復仇的力量，往往要比愛來得更大，更強烈。
很多人能夠成大事，便是因爲善用這兩種人類天性所形成的力量。
這種力量絕不應被低估。
這兩種力量，也往往形成分歧，成爲一正一邪相持的勢力。

戚少商等人，要到後來才完全明瞭箇中的變化。

無情、唐晚詞、雷捲、銀、鐵、銅三劍、郗舜才、巨斧僕、賓東成等自貓耳鎮一役，格殺文張後，要郗舜才、賓東成仍留守南燕，餘人護送無情，日夜兼程，趕返京師，竟比預期中早到五天。

無情在京師外五十里，已請較不為人注意的巨斧僕和鐵劍，潛入城中，暗中知會諸葛先生。

這一舉是為免蔡京及傳宗書的人派人攔截，以「通匪」之罪殺人滅口。

諸葛先生一旦得悉，即親自出城，接返無情。當下諸人定計，由諸葛先生面聖，用極隱晦而含蓄，但又使當事人必當分明的語言勸諭：若再追殺「連雲寨」的人，只會逼戚少商把「證物」公諸於世，而戚少商已把此機密及證據交由九位不知名的武林同道收存，殺人既不能滅口，何不轉而重加安撫，以絕口實？諸葛先生以人頭擔保，只要追撫戚少商等，他們一定會三緘其口的。

這個皇帝若不是昏庸無能，也不會釀起兵亂四起，奸相當權了，諸葛先生這一番甘辭溫言，也隱透威脅的話，自然採納見用，諸葛先生得此旨意，立時著手辦理，鉅細無遺，就連撫恤「神威鏢局」高風亮的後人，冊封唐肯為「護國鏢局」局主，擢升郗舜才和賓東成等等細節，也兼顧周到。

傅宗書耳目何等眾多，很快便得知風聲，生怕皇帝遷怒自己，以示自身清白，也力陳「大義滅親」，派出龍八這等心腹，要把親信黃金鱗、顧惜朝等「革職查辦」，並斷絕關係。

諸葛先生對這種群魔醜態，也不以為奇，當下知此時十萬火急，恐怕這十數日來曉夜兼行，一向體弱多病的無情無法應付，便下「神捕令」，把追命和冷血調回，即赴易水，護旨救人。

不過，無情心念二師弟和戚少商等一群武林同道的安危，將文張屍首送回文家，並告知其子文張乃死於他手中一事之後，堅持要親自前往；雷捲和唐晚詞也決不後人，也一同前赴。這當然也勾起一段恩怨，文張之子文雪岸又怎會甘心自己父親喪生於他人之手！

諸葛先生和無情的計策，乃「以毒攻毒」，皇帝本意殺人滅口，現轉為暗脅皇帝，使他為保令譽，牽制追殺戚少商等一事，由於戚少商若遭意外，此醜事必定張揚，勢將天下皆知，這回可是皇帝大急，唯恐不及，除了派太監楊夢去降旨外，還派武功高強、手段高明的大太監米蒼穹去主理此事保護戚少商。

傅宗書生怕事態嚴重，會牽連自己，忙請示蔡京，蔡京便教他把身邊幹員龍八派遣去，必要時「以正法紀」的主使人。

這一來，不但無情、冷血、追命、雷捲、唐晚詞全都到了，連朝中三大勢力的要員，也聚於一條道上。

像黃金鱗、顧惜朝這種一向曉得順風轉舵的人物，哪會不曉得形勢比人強？更不敢打話，默然靜候「處分」。

這年來的逃亡、艱苦的轉戰，終於已告一段落。

——終於熬出頭了。

苦盡甘來。

柳暗花明。

這些豈不都是在咬牙苦忍的人，心中的夢想？

唐肯成爲了「神威鏢局」的領袖，主持大局，這些日子來的磨難，也漸漸使他變成一個出色的人物，行事作風漸趨成熟，更何況他在這段歷難的過程裡，使他結識了不少武林人物，大家都因爲他的爲友盡義、膽色豪情而敬重他三分，對他押鏢的行業而言，有時候要比武功高強還管用。

所以人不必怕吃虧，不必怕付出。

有時候，吃虧才能不吃虧；付出常換來獲得。

甚至可以說，沒有付出，就沒有獲取。

現在唐肯是獲得了，他心裡只遺憾：高風亮和勇成以及局裡的許多高手，都平白犧牲了。

——有些付出，也不一定能有所獲。

但若完全不付出，則連有所獲的機會也斷送了。

郗舜才和賓東成也有所獲。

只不過郗舜才的「無敵九衛士」全送了性命，正如高雞血、韋鴨毛、禹全盛、范忠、薛丈一、盛朝光、穆鳩平、沈邊兒、秦晚晴、殷乘風、花間三傑、陶清和一眾赫連將軍的部下、劉獨鋒和他的六名親信等人一樣。

犧牲的人、毀滅的事，實在是太多了，現在急需重建。

雷捲重整雷門。

唐晚詞和息大娘重組碎雲淵。

戚少商重辦連雲寨。

赫連春水先返將軍府一趟，他這次惹下的事情、闖下的禍端，以及斷送的人手，少不免要回去面對赫連老將軍的雷霆怒顏。

人人似乎都有事情在忙著。

人人都似乎暫時找到了他的依歸。

事情似乎暫時平息了下來。

平靜了下來。

◇◇◇

可是黃金鱗和顧惜朝卻不是這樣想法。

他們仍惶惶終日，暗自危懼。

他們當然覺得自己是冤枉的。

——他們雖然都有私心，但確實是奉丞相之命，來追殺「叛逆」的。

他們當然不敢公然申辯呼冤，因爲這般做法，無異於自戕。他們認爲相爺只是受到壓力，迫不得已作出這一時權宜之策。

不過，「一時權宜」，也足足「權宜」了三個月。

漫長的三個月。

對黃金鱗和顧惜朝而言，杯弓蛇影，暗自疑懼，是極難熬過的三個月。

三個月過去了，這「一時權宜之策」，始終沒有改變，顧惜朝和黃金鱗仍被投閒置散，但又不能擅自離開居所，困而不用，這種滋味既悽惶又沉悶，對一向過慣群呼簇擁生涯的顧惜朝、黃金鱗而言，簡直比死還難受的。

不過，唯一的好處是：他們雖未被再度起用，但也沒有受到刑罰。這使他們更加相信，只要事情繼續淡忘、平息，他們就會有東山復起、重被傳宗書和蔡京起用的一日！

另外一件好事，應該是兩人心中最大的顧慮與恐懼，並不曾發生。

——報復！

他們最怕的是群俠的報復！

——趕盡殺絕、殘虐迫害，對這干「流匪」，曾用盡一切手段，他們怎會不圖報仇!?

可是，事情似乎真的平息下來，不但沒有人報復，自他們失勢之後，連訪客也幾稀矣。

他們心中忐忑，兩個比毒蛇還毒、比狐狸還狡。比虎狼還凶殘的人，都因這件事和同樣的遭遇，而緊密的結合在一起，準備萬一有個不測，可以聯手抗敵。

大概在黃金鱗和顧惜朝這一生裡，從來不曾跟人這麼推心置腹、這般緊密聯手過，這時候，大家都認爲對方是平生知己，投契至極，融合無間，還結義爲兄弟。

黃金鱗年紀要比顧惜朝長，當然爲兄，黃金鱗還拍著顧惜朝的肩膀說：「我能有你這樣的義弟，死而無憾。」

顧惜朝因這時期的不得志，也變得杯不離手，此刻灌了幾杯酒，紅了眼睛，覺得吞下去的酒比藥還苦，比辣椒還辣，一股豪氣上沖，只朦著聲音道：「我現在才知道，平生交友，都比不上一個義兄你！」

兩人拊掌慘笑，又舉杯邀飲。

兩人並在結義宴中定下大計，投帖想求見龍八、傅宗書、蔡京等，但屢被嚴拒，兩人試過多次，各方打點，均無功而返。

這一來，兩人同病相憐，不知上頭在搞什麼鬼，而他們身邊的人，因兩人日漸失勢，大多已相繼離開。

一個人沒有了權勢，自然就沒有了朋友。幸好他們還有一點點錢。所以他們還能喝酒、歡娛，不過喝的是苦酒，而且也不見得能盡歡顏。

直至有一日，也許是因爲他們的銀子花多了，終於見出了一點成果，龍八終於肯「接見」他們。

當然，龍八肯接見他們的時候，架子之高、派頭之大、氣焰之盛，也是黃金鱗、顧惜朝平生僅見的；要是換作平日，黃、顧還是相爺跟前「紅人」的時候，龍八的身分地位，未必高於他們多少，說什麼也不敢弄這種聲威氣派，但卻在此時此境，龍八「肯」接見他們，已是天大的喜事了！

一個人要仰人鼻息、卑屈求存的時候，自然就要忍受一切不公平的待遇。幸好這無禮的「款待」，卻換來令二人振奮莫名的訊息：「你們再耐心等等罷，」龍八說，「相爺爲了你們的事，已各方關照澄清了，只要再過一段時候，諸葛先生不再留難，聖上不再追究，那就可以重新起用你們了。」

黃、顧二人一聽，千恩萬謝，忻喜莫已。

「你們可知傅相爺和蔡大人爲你如何費心麼！」龍八申斥道：「你們在八仙台時，居然敢當我面前提起相爺來，這算什麼?推諉罪責!?幸好我爲你們遮瞞，要不然，哼!單是這一項噬陷大罪，就足讓你們滿門抄斬!」

顧、黃二人一聽，嚇得冷汗直飆，忙叩謝龍八「保全」之德，他日必「粉身以報」，說得聲淚俱下，似巴不得把心都掏給對方，以驗「赤膽忠心」一般。

龍八這才平息怒火，只說：「你們回去等等罷，現在不宜再騷擾相爺了，不日自然有喜訊至，到時可別忘了姓龍的就好了!」

黃金鱗和顧惜朝又忙說：「龍爺大恩大德，沒齒難忘，懇請龍爺爲我們多美言幾句。」

兩人高高興興的告辭出來，在回府的馬車上，已經開始痛罵龍八擺的是甚麼臭架子，他日如果得意，必要給他點顏色瞧瞧，但一回到私邸，又請人送龍府厚禮謝意。

這一來，兩人才比較安心下來，而不多久後，龍八又著人通知他們，蔡太傅已運用權勢，跟諸葛先生等人談妥，准予戚少商等人重建連雲寨，成為朝廷外防，但條件是不准對顧惜朝和黃金鱗等部屬施加報復，對方已答允條件云云。

黃金鱗、顧惜朝和連雲三亂等一聽，自是放下心頭大石，幾要感激流涕，感念丞相眷顧之恩，同時在著人多方探聽之下，確知息大娘和唐二娘正忙於重建碎雲淵、雷捲正忙於重整雷門、戚少商亦忙著重組連雲寨，人在遠方，根本騰不出來對付他們，這才使他們不致寢食難安，漸次有意重圖大志。

危機一過，黃金鱗又動色心。

他年紀雖大，妻妾亦多，但當日在攻打青天寨時，對惠千紫尚且色心大動，不過這「天姚一鳳」死於八仙台，黃金鱗頗覺惋惜，而今經此事一鬧，妻妾趁機離去的，竟占大半，所謂「大難來時各自飛」，黃金鱗愈想愈不忿，又不敢在此際輕舉妄動，卻就在此時，就給他遇上了英綠荷。

英綠荷在長街喋血之際，給無情以暗器射中眉心，在那兒留了一個大傷疤，破了相、毀了容，不過，當時無情元氣未復，真氣不繼，只能傷之而未能殺之。

英綠荷本就有幾分姿色。

而且還有幾分媚色。

兩人又曾在一起對敵過，自有敵愾同仇之心，且都好色而荒淫，更是最佳搭配。

兩人因而一拍即合，如膠如漆。

◇◇◇

人只要有共同禦敵的機會，很容易就會緊密的結合在一起，這道理就如同人在爲自己求生存的時候，往往不惜毀滅別人生存的機會。

自古以來，人類爲求生存，已做出不少不像人類做的事情來。

或者，人類根本就是只適合做這種看來不是人類做的事。

這種事情，連義重如山的戚少商都做過——他不惜臨陣逃脫——更何況是黃金鱗、顧惜朝這種人！

不過，顧惜朝、黃金鱗、英綠荷、馮亂虎、郭亂步、宋亂水等人，卻因共同面對的危機，而緊緊的結合在一起。

結合在一起，來應付危機。

危機，永遠只讓你聞得著它、嗅得著它、感覺得著它，但卻沒有辦法去觸摸它。

一旦可以被解決的危機，就不是危機了。

一〇九 「她不殺，我殺。」

這樣又人心惶惑的過了個把月，顧惜朝因感人手短缺，暗派「連雲三亂」去聯絡「連雲寨」的部屬，調回京師，三人回來所報告的結果是：「無一人願從顧公子。」

顧惜朝一聽，本來已經碎裂了的鼻子，顯得更歪了，就像一根折了的臘腸，吊在雙顴之間。

黃金鱗也唉聲嘆息。

原來他派去請援的人，都分別回來了。

「血雨飛霜」曾應得悉聞黃、顧二人已經失勢，就當他們瘟疫一般，避猶不及。

「粉面白無常」休生已經跟龍八掛鉤，翻臉不認人，早沒把黃金鱗瞧在眼裡。

「豆王」歐陽鬥知道前為黃金鱗、顧惜朝所騙，見他們派人說項，把來人逐出大門，申斥拒見。

「敦煌將軍」張十騎早已遣調兵馬，出征伏獅嶺，平寇敉匪，才沒閒暇再理會他們的事。

反而是尤知味的結義兄弟「三十六臂」申子淺和「血鹽」侯失劍，願意趕來臂助黃、顧二人。

至於「鐵桅」陳洋，仍在養傷，他自己的事都管不來，何況是別人的事。

倒是「天棄四叟」中僅存的吳雙燭，雖因要重整八仙台的勢力，並要養傷，不能趕來，但一再言明，只要黃金鱗和顧惜朝有難，不妨向八仙台投奔。這越發引起黃金鱗的感慨。

「沒想到還是吳老二夠義氣，」黃金鱗嘆道，「那些人，個個都是見利忘義之徒！」

「這次真夠冤的，明明是義父指派我滅連雲寨的，現在卻背上了這樣一個黑鍋。」顧惜朝也忿忿不平，「枉我平時對寨裡的子弟這麼體恤，現在有事，他們一個都不來助我！」

「我也不是一樣！」黃金鱗頹然道，「我這個叛亂總指揮，明明是皇上的恩賜，現在，忽然變成了我公報私仇，私自行動，這……這又算甚麼!?」

「我都說了，不殺戚少商，必有禍患！」顧惜朝道，「現在他把連雲寨大事整頓，看他何時何日，再謀反朝廷罷！」

「你這樣說可是抄家滅族之罪！」黃金鱗滿懷希望的道：「不過，那時候朝廷就知道誰才是耿耿忠心，誰先防微杜漸了。」

宋亂水忍不住插咀道：「可是……可是重整『連雲寨』的，好像不是戚少商……」

顧惜朝奇道：「不是戚少商!?」

黃金鱗詫問：「那是誰!?」

宋亂水不知該不該說，跟馮亂虎、郭亂步面面相顧。

顧惜朝怒道：「我現在心情不好，你再支支吾吾的，信不信我一斧劈了你！」

宋亂水囁囁道：「是……是……鐵手。」

顧惜朝只覺錯愕莫名：「鐵游夏!?」

黃金鱗失聲道：「鐵捕頭去當強盜頭子!?」他一時也忘了顧惜朝也當過那個位子。

顧惜朝道：「這是怎麼一回事!?」

宋亂水一急，心更亂，結結巴巴的說不出話來。

郭亂步馬上接道：「是這樣的，我們打探到的消息是：戚少商對連雲寨的事業，已心喪若死，再也無心整頓，而鐵手對捕寇之間的關係，自那件事後，也覺得困擾，並對『名捕』的名義，感到心灰意冷，便一再向諸葛先生請辭，反而願到連雲寨幫忙重振聲威。」

顧惜朝只感到荒謬：「這麼說，『天下四大名捕』，豈不只剩三大名捕？」

黃金鱗這才整理出一個頭緒來：「這也沒啥出奇，連雲寨已爲朝廷招攬，才能重整旗鼓，鐵手當個官樣山大王，也並沒有變樣。」

英綠荷在旁聽了，也說：「本來嘛，官和賊之間，一線之差，也沒啥不同。」

黃金鱗當官數十年，聽英綠荷這一說，覺得有失威嚴，忙道：「婦道人家，懂個什麼！」

英綠荷把小咀一噘，顧惜朝又擔心了起來：「那麼，戚少商到哪兒去了？」

郭亂步道：「不知道，誰也沒有他的消息。」

馮亂虎道：「聽說息大娘和赫連春水也正在到處找他。」

顧惜朝仍憂心怔忡的喃喃自語道：「戚少商……息大娘……赫連春水……」

黃金鱗忽眼神一亮，笑了起來：「哈哈！」

顧惜朝詫道：「你笑什麼？」

黃金鱗撫鬚笑道：「你說戚少商、息大娘和赫連春水，他們三人在一起，會鬧出些甚麼事體兒來？」

顧惜朝略一沉吟，恍然分明，也忍不住打從心裡笑了出來：「他們以前要共同應敵，所以暫棄前嫌，而今大局初定，他們三人說不定就……」笑而不語。

「最好讓他們爭風呷醋，鬼打鬼，」黃金鱗笑道，「咱們就可以高枕無憂了。」

顧惜朝也高興了起來，問：「卻不知申子淺和侯失劍何時才到？」

馮亂虎道：「約莫申時未就到。」

顧惜朝心裡很有些感動：「他們來得忒快，真是義薄雲天。」

黃金鱗十分高興，拉著顧惜朝的手道：「來來來，爲戚少商、息大娘和赫連春水的自亂陣腳，該當好好的喝一杯！最好，他們爲這事來個『毀諾城』、『連雲寨』、『赫連將軍府』大混戰，那就是最好不過了。」

「對對對！」顧惜朝也興高采烈，「咱們爲這事兒痛飲幾杯再說！」

◇◇◇

他們不但喝酒，還喝湯。

不過他們正如許多有錢人家一樣，只吃菜，不吃飯。

「連雲三亂」輩份低，自然不敢跟「黃大人」與「顧公子」同檯吃飯，其實，在「黃大人」和「顧公子」失勢後，他們的輩份總算也提昇了不少，不過，就算跟落難了的黃金鱗與顧惜朝同座吃飯，一旦他們得勢之後，恐怕也後果難當，想到這兒，「連雲三亂」一向是「可免則免」。

黃金鱗在菜上了一半時，舉杯邀花月，嘆道，「我來敬這園子的良辰美景，好花明月一杯。」

顧惜朝笑著問：「義兄怎地忽生如此雅興？」

黃金鱗似有難言之隱，只道：「若我再不敬這些花月，恐怕這兒的一草一木，他日我想要敬也有所不能了。」

顧惜朝奇道：「何有此言？」

黃金鱗喟嘆道：「這些日子以來，銀庫只有支出，沒有收入，再這樣下去，這院子樓閣，全要拱手他人了。」

顧惜朝也生感慨，眼角也忍不住有些潮濕，只哽咽道：「義兄待我恩重如山，此事一併受到連累，我真……不知如何說謝是好！」說著仰脖子灌盡了一杯酒。他在京城自然也有貨資，不過，論財力是遠不如黃金鱗。

黃金鱗瞧著他，忽然正色道：「你別謝我，我還要謝你呢！」

顧惜朝一怔道：「是我連累了義兄，抱愧猶恐不足，恩兄哪須言謝？」

黃金鱗很誠懇地道：「沒有你的捐獻，又怎能解我之危？」

顧惜朝愕然道：「我捐獻了甚麼？」

黃金鱗瞇著眼睛道：「你不知道嗎？」

顧惜朝茫然道：「我真的不知道。」

黃金鱗肅容道：「你有一件事物，足以能令愚兄起死回生，重振復甦的。」

顧惜朝也熱烈地道：「那是甚麼？」

黃金鱗笑了笑，呷了杯酒，把酒放在桌上把筷子放在桌上，也把手放在桌上，然後才一個字一個字地道：「你的人頭！」

◇◇◇

他的話一說完，雙手一推，整張紫檀木大桌直撞顧惜朝，他的人已倒翻出去，迅疾無倫！

顧惜朝見桌撞來，連忙往後一縮，「答答」二聲，檀木椅的把手突然伸出兩個鋼扣，把自己雙腕箍住！

顧惜朝掙動不得，雙腳連環踢出，桌子飛起，碗、筷、杯、碟、壺、盅還有菜肴、菜汁，灑了半天。

英綠荷卻搶了進來，鐵如意已在顧惜朝胸膛重擊了一記！

顧惜朝一面要震碎木椅，一面想運氣硬受一擊，忽覺天旋地轉，丹田劇痛攻心，英綠荷的鐵如意已拍擊在他胸上！

顧惜朝藉這一股內力襲入的同時，陡地大叫一聲：「三亂！」哇地吐了一口鮮血！

英綠荷還待再追襲，突然刀光一閃！

顧惜朝竟能在這時候射出了他的成名飛刀！

英綠荷的玉頰被刀光映得有些發綠。

「登」地一聲，刀被砸飛。

黃金鱗揮舞魚鱗紫金刀，護在英綠荷身前！

顧惜朝眶眥欲裂，嘶吼道：「你——你好卑鄙！」欲運內力震碎座椅，扯裂把手，但一運氣之下，五臟翻湧，咕鼕一聲頹然坐回椅裡去。

只聽後面一個清脆的聲音道：「你不要這張椅子？我來幫你！」

顧惜朝猛回首，只見一道劍光，當頭斬落！

顧惜朝這下唬得魂飛魄散，百忙中連人帶椅往側一閃。

他反應仍然快捷，但功力已不復存。

血光暴現。

一條胳臂，在半空騰起，再飛落地上，手指還搐動了一下。

這條胳臂已掙脫了把手上的鋼箍，但同時也脫離了他主人的身體！

◇◇◇

顧惜朝怔住。

他完全不能相信這竟是事實。

——自己竟斷了一條手臂！

——斷了的手臂竟是自己的！

——他只剩下一條胳臂！

顧惜朝完全愕住，甚至忘了痛楚。

背後出劍的人是息大娘。

息大娘粉臉煞白，臉露殺機：「你可記得，當日是怎樣暗算戚少商的嗎？」

顧惜朝心頭恨極。

他最恨的不是戚少商，不是息大娘，而是黃金鱗！

若不是黃金鱗的暗算，他又怎會失去了功力、被箍在椅子上、丟了一隻臂膀！

顧惜朝撕心裂肺地咆哮：「黃金鱗，你爲甚麼要這樣對我!?」

黃金鱗怪無奈的道：「那也沒有辦法。大娘、戚少商都答應我，只要我爲殺你而盡力，他們和我便不計前嫌。」黃金鱗趕忙接道：「你要知道，他們已得皇上聖諭，要殺你我，易如反掌，我哪有這天大的膽子，敢抗命行事？顧公子，你這可怨不得我。」

顧惜朝只覺劇痛攻心，痛不欲生，冷汗直飆，慘笑道：「好，好，你這豬狗不如的東西……」幾乎痛暈了過去，但他自知這一暈，便一生都完了，所以強自掙扎。

息大娘笑道：「這一劍，是我代戚少商砍的，我已曉得尤知味的『滋味粥』祕方，現在放一點在酒裡，變成了『滋味酒』，怎麼？滋味如何？」

顧惜朝猛地跳起來，吼道：「你殺了我罷！」

忽聽一聲大喝道：「慢！」

這一聲大吒，竟是三人同聲喊出來的。

◇◇◇

馮亂虎、宋亂水、郭亂步都到了。宋亂水的金瓜鎚攻向息大娘。

馮亂虎的鐵劍攻向黃金鱗。

郭亂步一掌震碎大椅，扯起鋼箍，背著顧惜朝就跑。

顧惜朝喘息道：「跑不了了……」郭亂步不理，只背著顧惜朝亡命似的逃。

他們才衝出大門，忽見一個人，穿著厚厚的毛裘，冷冷的立在月光下。

顧惜朝一見，心裡暗喊：我命休矣。

那人正是雷捲。

郭亂步再勇猛，也決非雷捲之敵。

顧惜朝知道自己這次是死定了。

不過除了命運，沒有人可以確定自己是成、是敗、是勝、是負、是生、是死。

這時候忽聽屋瓦上有人大喝：「顧公子別怕，我來救你！」一人飛身而下，仗劍和雷捲戰在一起，卻正是「血鹽」侯失劍。

另外三騎，捲蹄而至，只有中間那匹馬上有一大漢，大漢大呼道：「顧公子，我們來了，快上馬。」正是申子淺。

郭亂步飛身而上，把顧惜朝馱在背上，他另跨上一騎，人叱馬嘶，放蹄疾馳，顧惜朝知道自己得這些人之助，或能逃得一死，心下一放鬆，臂上劇痛，心中悲憤，終於暈了過去。

他能逃得了嗎？

不但他能，就連宋亂水、馮亂虎、郭亂步和申子淺、侯失劍全都逃得出去。

也許因爲息大娘和雷捲他們要對付的，只是顧惜朝，顧惜朝一逃之後，他們既無心傷人，也無意戀戰。

「連雲三亂」等趁機逃去？

黃金鱗一見顧惜朝逃走，跺足嘆道：「怎能讓他逃去？不能放虎歸山！」發足要追，息大娘作勢一攔，道：「算了。」

「算了!?」黃金鱗可比在場這些人都要急，因爲他知道除非顧惜朝不復元，只要一旦活得下來，一定會找自己報仇的。

——顧惜朝恨自己，絕對要在恨息大娘之上。

黃金鱗可不想輕易放過顧惜朝，也不敢輕易放過他，他不想再有一場「戚少商事件」重演。

息大娘卻展顏一笑道：「他已斷了一臂，受了傷，何必要急著殺他？」

黃金鱗急道：「可是，如果他不死，遲早必會找我們報復的啊！」

息大娘點點頭，道：「對，就像戚少商一樣。」

黃金鱗覺得有些不對勁，當下強笑道：「不，戚大俠大人不記小人過，海涵闊量；大娘也是得饒人處且饒人，不會深記人過。」

息大娘秀眉一挑，道：「哦?我倒一向小氣慣了，銖錙必較，睚齒必報，你不知道嗎？」

黃金鱗強笑道：「不過，大娘和戚寨主已答應過在下，只要在下助各位誅殺顧惜朝，決不計較過去的誤會，各位一向言而有信，想必會饒在下這一趟。」

息大娘一笑道：「言而有信?我果真言而有信，也不必建毀諾城了。」

黃金鱗臉色大變道：「妳……武林中人，怎能出乎爾反乎爾的！」

息大娘淡淡地道：「你不但是武林前輩，而且還是手握大權的高官，當日答應過鐵手甚麼話來?結果，在他束手就擒之後，不一樣把他折磨得死去活來?」

黃金鱗已明白了是怎樣一回事：

他讓顧惜朝踩進了陷阱裡。

而他自己也墜入了彀中。

「我是奸惡小人，」黃金鱗腆顏說道，他決定要不惜任何代價的活下去，對自己的「面子」更不顧惜，「你們是英雄俠女，怎能跟我這種陰險小人一般見識呢？」

「好。」息大娘道，「我縱不守約，也尊重戚大哥向來都是千金一諾的。」

她寒著臉，一字一句的道，「你幫我傷了顧惜朝，我不殺你。」

黃金鱗登時放下心頭大石，正要圓說幾句，忽聽另外一個聲音森然的接下去道：「她不殺，我殺。」

◇◇◇

說話的人當然就是雷捲。

一一〇 總賬

黃金鱗只覺得自己的頭很大，幾乎要比這世界上所有的事物還要大，而且很重，重得幾乎使自己的身體負荷不起。

他一見到這個人，他就覺得局勢無論怎樣發展，今晚都很難度過，很難過得了去。

這一刹那間，他的感受是很奇特的：

他對這滿園子的花、滿院子的月、還有花前月下俏生生的英綠荷，都感到非常珍惜。

奇怪，人在平時都不會珍惜他所擁有的、他所得到的、他所朝夕相伴、垂手可獲的，但到一些特別的時分，又會分外珍惜，分外不捨。

黃金鱗就是這樣子。

他依戀的看了看花，看了看月，也看了看英綠荷，彷彿有了點當年要考取功名時寒窗苦讀的詠嘆和志氣，然後橫刀向雷捲說：「你們既然食言，有多少人，一併上罷！」

雷捲陰陰沉沉地道：「大娘已說過，她和戚少商會守諾的，要向你復仇的，就我一個，鐵手他不屑向你報仇。」

黃金鱗又有一線生機，豪情斗發道：「這麼說，戚少商、息大娘、鐵手都不會向我動手了？」

息大娘即道：「是。」

黃金鱗大聲道：「那我只要打敗你，我就可以走了，是不是？」

雷捲一攤手道：「你就算打不敗我，只要逃得了，就儘管逃。」

黃金鱗連舞幾刀，刀氣浸凌，花落葉飄，他人在月下，握刀凝發，長鬚飄飛，很有一股氣派，一面凝注雷捲，一面以極低沉的聲音向英綠荷道：「妳替我護法，小心息大娘。」

英綠荷也悄聲道：「是！」

然後鐵如意一記猛擊在他背上！

黃金鱗大叫一聲，身子禁不住連衝三步，雷捲的拇指已捺在他的額上。

黃金鱗一刀砍出，雷捲已如蝙蝠般掠到息大娘的身邊，遙遙而冷冷的看著他。

天地搖幌，花葉搖盪。

燭火狂搖。

月影閃幌。

黃金鱗覺得自己的頭好輕，比一根羽毛還輕，輕得幾乎使他立足不住，他用刀尖支地，吃力地指著臉無人色的英綠荷，艱難地道：「妳……妳也來暗……暗算我？……爲甚麼？……」

英綠荷白了臉，手執鐵如意，一步退一步的道：「你怪不得我，不能怪我。」

黃金鱗嘶聲道：「爲甚麼!?到底爲甚麼!?」

英綠荷狂搖著鐵如意，一味的說：「我也要活下去。我跟你在一起，一早就是他們的授意。我在貓耳鎮已遭他們所擒，他們沒有殺我，便是要我今晚對你下手……」

黃金鱗覺得眼前一片深紅，看不清楚，他用手往臉上一抹，一手都是鮮血。

他慘笑道：「好，好……你們都騙得我……好……」

雷捲沉聲道：「不能說我們騙你。大娘、少商、鐵手，的確都沒出手。向你報仇的，確只有我。英綠荷不是向你『報復』的，她是向你『暗算』的。我們並沒有食言。」

他冷冷的道：「因爲你一向言而無信，我才跟你玩言辭上的戲法，正如你當日制住了鐵手之後，任由人動手傷他，卻說你守約不動他一般。」

「惡有惡報，善有善報，若然不報，時辰未到。」雷捲的聲音對黃金鱗而言，是愈來愈遠、自深黝漆闇裡的迴響：「這樣老掉牙的話，你想必聽過，但不一定會相信。你信也好，不信也好，現在都是你應報的時候，你還有甚麼話要說？」

黃金鱗不是沒有話說。

而是他說不出來。

◇◇◇

顧惜朝說得出話來的時候，是因爲刺痛。

刺痛還不是最難受的。

最難受的是斷臂的感覺。

——那感覺是失去的永不復來，他變成個獨臂的人，永遠帶著傷痕，永遠負著遺恨。

「連雲三亂」都已聚集在一起，他們就在顧惜朝一家不為人所知的宅子裡躲藏著，過得一日得一日，過得一時得一時。

申子淺和侯失劍卻不贊同。

申子淺的意思是：「躲在這兒，也不是辦法，遲早會給他們找到，一定要逃出京城，找個地方躲起來，俟顧公子傷勢復元時，再圖報仇大計。」

侯失劍的意思是：「現在再不逃出京城，恐怕就再也逃不出去，朝廷既已讓他們為所欲為，早晚會下諭抄家滅門，顧公子不如趁現在潛出京城，要安全多了。」

顧惜朝對他的義父傅宗書所為，已完全絕望，而義兄黃金鱗的暗算，更使他戰志全潰，申子淺和侯失劍對他有救命之恩，他們的話，他自然信任聽從，於是打算離開京城。

申子淺道：「這樣走可不成。」

侯失劍道：「而今顧公子你已聲名狼藉，天下所大，只怕難有容身之所，不如趁皇上未下旨抄家之前，把金銀錢財、物業珠寶，全換成值錢家當軟細，逃離京城，運用這筆錢財，他日要圖復起，也較有個底子。」

顧惜朝傷痛之餘，不暇細思，只覺有理，便要著「連雲三亂」去辦理變賣產業一事，申子淺卻道：「這件事，三位不妨指引協助，但交易仍由我們著手較好，不然，三位一旦出面，很容易讓人看出，顧公子要挾款潛逃。」

侯失劍生怕顧惜朝不放心，便安慰道：「我們已是同一船上的人，我們救了顧公子，他們會放過我倆嗎？萬一皇帝降旨，我們也是朝廷欽犯呢！我們現在是誰也離不開誰，多一點銀子，好一點花用，這還是依託顧公子門下的福蔭呢！」

顧惜朝到了此時此境，也不由得他不信任這幾個人，只好暗囑「連雲三亂」留意一些，便放手讓他們去辦理了。

於是，侯失劍和申子淺便離開了他，帶著顧惜朝授意變賣的財產，「連雲三亂」一向都留下兩人在舊宅子裡看守並照顧顧惜朝，那天下午，宋亂水被毆得臉青鼻腫的連跌帶爬地跑了回來，向顧惜朝報告：

申子淺和侯失劍已挾款揚長而去。

顧惜朝聽了以後，不要人相扶，走出院子來看天。

天依舊，雲依舊。

天到底有沒有情？

上天究竟讓不讓他活下去？

然後他轉身發令：「我們出城去！」

——縱然沒有錢，縱使爲人所騙，但只要能逃出京城、逃出生天，他就有希望活下去，有希望報仇！

◇◇◇◇◇◇

他們潛逃出城，一路來，晝伏夜行，披星戴月，顧惜朝傷勢嚴重，又不曾好好歇息，傷口不斷惡化，但他都咬牙苦忍。

因爲他想起戚少商。

戚少商也斷了一臂，度過漫長的逃亡歲月。

他忽然很瞭解戚少商當時的心情。

——這世界上，可能沒有一個人，能比他更瞭解戚少商，也沒有比戚少商更瞭解他此刻心情的人。

他咬牙苦忍，單臂執轡，度過山、涉過水，走過很遠很遠的地方，走過很多很多的地方，去投靠過很多很多的人，但都遭人白眼、嚴拒、甚至意圖把他們擒殺。

顧惜朝這才完全瞭解一個人失勢以後的遭逢：有酒有肉多兄弟，患難貧病無一人！

不過，他決非「無一人」！

他還有「連雲三亂」。

他到現在才知道，這三個親信弟子：馮亂虎、郭亂步、宋亂水對他有多麼的關懷、多麼的忠心、多麼的難能可貴！

他在心裡發誓：只要自己有一天能再有出頭之日，他一定要好好酬謝他們，一定要全力報答他們三人！

可是，眼前還是走不完的長路，分不清的仇人，永遠沒有終止的逃亡，以及一不小心就會中伏的陷阱。

他知道戚少商等人仍在追殺著他。

他要活下去。

所以他盡一切所能的逃亡。

只要能活，付出再大的代價他都願意。

他逃得很艱辛，很困苦，但他仍是要逃，仍然在逃。

無盡而不斷的逃亡。

直至有一天，他逃到了八仙台，遇見了吳雙燭，吳雙燭一見他來，幾乎認不出他來，及至認出他以後，便熱烈的道：「你來了。我知道你一定會來的。我這兒的人，都是你的人，沒有人可以不得我同意，敢傷你一根頭髮。你安心住在這兒罷，不必再逃了。」

顧惜朝聽到了這句話，忍不住哭了出來。

哭出聲來。

你從來不敢相信一個大男兒會哭成這樣子。

顧惜朝自己也不相信。

要是在從前，他也許根本不相信，像他一個這樣的人，也會流淚，而且會哭成這個樣子。

吳雙燭爲他「洗塵」，爲他準備了一場「夜宴」。

顧惜朝好久沒有這樣餓過了。

而且好久沒有這般鬆弛過了。

他的神經一直繃緊著，快要繃斷了。

在這兒，他的確可以好好的吃一頓，好好的鬆弛下來，好好的養傷。

一路上，他想鬆弛，當然不敢，想吃一頓好的，也沒有銀子，想要打家劫舍，又怕驚動仇人，所以步步爲營，寧願捱餓，也不敢輕舉妄動。他的傷一直都在痊癒，但不經徹底的休養，仍好不全。

現在他已洗了澡，身上的臭氣已去，大吃了一頓之後，他感覺得自當日祕岩洞一役後，第一次有了重振的決心。這時吳雙燭就站起來，向與宴的江湖朋友笑道：「我們這位顧公子，在武林中，是個極出色的人物；在官場上，是個了不起的人。」

大家都附和、拍掌、歡呼，顧惜朝居然也覺得有些不好意思，但腦中不禁出現當日他在連雲寨威風和官場上得意的情形，一一如歷在目。

「這位顧公子能夠扶搖直上，平步青雲，全靠八個字，那就是：」吳雙燭臉上的笑容凍結了，「賣友求榮，心狠手辣。」

顧惜朝本正向人敬酒，現在已沒有人向他舉杯，人人都冷著臉色冷冷的瞧向他，眼神充滿卑夷與不屑，有人甚至已向地上吐痰。

「當日，我們四叟助他逮捕犯人，他借我們這兒行事，但卻先殺了巴老三，又刻意讓老四送死，再不顧道義，射殺劉老大；」吳雙燭的語音轉而淒厲：「各位，你們來評評理，像他這種人，該不該去幫他？他淪落到這個地步，是不是可以說：上蒼有眼！」

顧惜朝已抬不起頭來。

他的手也在抖著。

他急躁地呼道：「亂虎、亂步、亂水！」

郭亂步、宋亂水、馮亂虎一齊步了上來。

「我們走！」顧惜朝氣急敗壞的道，「我們離開這兒！」

可是他才站起來，就咕嚕一聲滑倒下去。

「這種毒藥叫『笑迎仙』，是息大娘從尤知味那兒學回來的，尤知味那兩位結拜兄弟自從知道你臨陣逃脫，任由尤大師被擒於安順棧後，他們一直都想向你報復，你已經領略他們報仇的手段了罷？」吳雙燭鐵青著臉色道：「這毒藥毒不死人，可是只叫你比死還痛苦，痛苦得非自盡不可。」

人都散去了，燈影依舊，場中只剩下了白發矍爍的吳雙燭。

顧惜朝只覺痛苦難宣，五臟如焚，嘶聲道：「三亂，動手！」

「好！」宋亂水一拳，把顧惜朝打飛出去。

他的鼻子再度碎裂。

血水不斷的滲迸出來，使他喉頭嗆咳。

他忍著痛，去拔斧，斧不在，只好拔刀，刀也不在。

刀在郭亂步手裡。

斧被馮亂虎執著。

◇◇◇

顧惜朝已被徹底的擊潰。

他知道自己完了。

一個人就算是真的完了，也不比他知道自己「已經完了」更來得絕望。

他想掙起來，可是痛苦又教他倒在地上，像蝦米一般的蜷縮著、抽搐著。

他還清清楚楚聽見「連雲三亂」說的話：

「你這個破敗星，跟了你，真是倒八百輩子的楣！」

「我們早就想放倒了你，可是答應過戚寨主，一定要假意服侍你，直至讓你捱到八仙台，見著了吳神叟，才可以露出身分！」

「我們跟申子淺、侯失劍早就串通好了，否則，他們怎麼不殺了你？我們會跟你吃這些苦！」

顧惜朝掙扎著，輾轉著，尋到地上一口酒罐子，他用頭把它撞破，撿起一塊碎瓷片，手顫動著，就要把瓷片尖口往脖子上割。

忽然，有人執住他的手。

然後讓他聞一瓶東西。

他大力而急促地吸了幾口之後，體內的劇痛就漸漸而神奇地消失了。

那人又遞給他一柄小斧，一把小刀。

他執著刀，攏進袖裡，再緊緊的握著斧，然後才鼓起勇氣，往上看去……

那是一個俊逸、落寞、風霜的獨臂白衣人。

戚少商。

「現在你是獨臂，我也是只有一條胳臂，你的傷也好了八成。」戚少商道，「你懷中有斧，手中有刀，我掌中也有青龍劍，你已眾叛親離，我也給你出賣過……」

他在月下慢慢的拔出了長劍，青鋒發出一聲清越的龍吟，「我們正好可以決一死戰，算一算總賬。」

他們已到了結算總賬的時候。

人來到世上，這賬總會算一算，只看遲早，只不知或賒或賺。

一二一 尾聲

清晨。

他坐在裝有木輪的轎子裡，遙望易水寒江，一片空濛，衣袂微微飄揚，水花微微沾濕了他的衣衫。

他有一雙多情的眼。

但他的外號卻叫做無情。

◇◇◇

他顯然在易水江邊等人。

他等誰？

他等的人已經出現。

疲憊、倦乏的從八仙台海府那條迤邐長道上，緩緩的走來。

他仍年輕、俊秀，但臉上的風霜，已使他令人感到歲月的遺憾、深情的餘恨。

他不疾不徐，信步走來，神情仍是傲慢而洒然的，但身姿卻流露出一種疲乏與無依。

無情向他點頭，「你要我交給赫連春水和息大娘的信，我已經叫鐵劍和銅劍交去了。」

戚少商微弱地道：「謝。」他只說一個字。英雄相知，本來就不必多說廢話的。

無情道：「我沒有問過內容是甚麼。」

戚少商道：「你沒有問。」

無情道：「我也沒有拆開來看。」

戚少商道：「你當然不會這樣做。」

無情道：「可是我卻能猜到裡面說的是甚麼。」

戚少商沉默。

他沉默起來就像一個老人。

「天若有情天亦老，秋雲無雨常陰。」無情吟道：「多情卻總似無情，情到濃時情轉薄。你不想再拖累息大娘，所以在信裡咐囑大娘和赫連公子早日結成連理，而你自己……」他頓了一頓，才接道：「或許求死，或許爲僧，或許飄然遠去。」

戚少商的目光又到了遠方，那水意迷濛、逆風透寒的所在：「爲了我，已經死了很多人，其中有我深愛的，有我敬重的，也有深愛著我、敬重著我的人，他們都死了，而我仍然活著……」

他似乎在笑：「你說，我活下去，還爲了甚麼？」

無情嘆息。

「我知道我勸不了你，」他說，「正如我勸不了二師弟重返京師一樣。」

戚少商道：「你不必勸。」

無情道：「希望有一個人能勸得了你。」

戚少商道：「誰？」

無情用手遙遙一指。

只見江畔，有一位簑衣老翁，正在垂釣。水流急湍，掠起千堆雪，水花四濺，那人卻在浪下岩上，面對萬濤沖激，卻像獨釣寒江雪般的寧謐。

戚少商向他望去的時候，那老翁也正好半轉過身來，向他招手。

戚少商不由自主的走了過去。

他跨過岩石，走過河溝，走近老者。

老者有一雙深邃的眼，裡面有人情，有世故，有山中一日，世上千年。

老者問：「你可有殺了他？」

戚少商搖首。

老者眼中已露出嘉許之色：「能殺人之劍，只不過是利器；能饒人之劍，已屬神兵。你在武學上的境界，跟你人格上的修爲一樣，又高了一層。」他頓了頓，微笑道：「希望有一天你能施活人之劍。」

戚少商突然知道眼前的人是誰了。

他感覺到震動，但更大的感受是崇拜。

老者說：「鐵手對追捕的生涯，已感到厭倦，因爲這些月來發生的事，使他的心亂了，他分不清究竟誰才是捕？誰才是賊？到底爲什麼要抓人？爲什麼要被人抓？」他遙望水天一線之處，撫鬚道，「他遇上這些問題，除非在心裡已找到了答案，否則，誰也不能把答案強加諸於他心裡。」

戚少商道：「我明白。」

老者突然直視他：「可是你呢？」

戚少商微微一怔：「我？」

老者把魚竿、魚簍，全丟入江裡，「江湖風險多，正道危途，難分西東，終要人去持劍衛道，你呢？」

戚少商道：「我……」

老者矍然道：「你已大悲大哀，大起大落，也大徹大悟，你要了此殘生，還是要以此殘生有所作爲，這就由得你自己選擇了。」

他頓了一頓，一字一句的道：「我們暫時少了鐵手，但需要你一劍擎天的獨手。」

戚少商一時不知該如何回答：「我……」

江水捲湧，拍擊岩石，發出巨響，淹沒了他的語音。

風清寒。

江水急。

無情在遠處，衣袂翻飛，雖然聽不清楚一老一少的兩人在說些甚麼，正說到那裡，但見他們仍在說著話，說著事情……

在無情的眼裡，江水那端的一片空濛之外，也有一片艷紅的色彩，在他心胸裡的長空掣著雙刀，展綻英姿。當然，她身旁還有一個穿著厚厚毛裘的男子。

無情忽然想到不久前戚少商告訴他的四句詩：

終身未許狂到老，
能狂一時便算狂；
為情傷心為情絕，
萬一無情活不成。

他覺得他很瞭解戚少商藏在心底裡最深處的意思。也許在那兒，情感的翻湧，要比這江水的怒濤還要激烈。而他也感受到了，一如這逆風吹浪，直把他衣袂吹得直貼肌膚一般。

完稿於一九八六年一月廿四日
「新生活報」專題「劍挑溫瑞安」
爭辯白熱化期間
校於一九九〇年七月廿日
達明王深夜來電八月初全面推出武俠
新系列計畫

後記
逆水不寒

《逆水寒》從八四年開始寫起，八六年一月寫完，約八十萬字。寫得並不算慢。其間，要在新馬港台的報章雜誌上寫專欄、專題、人物稿、影評、文藝小說、推理小說、詭異小說、詩、散文、雜文、評論、戲謔文章，成為我有史以來寫得最琳瑯滿目、多采多姿但也最不專心、無法集中的時期。

同時，也在進行三部武俠小說，即是《溫柔的刀》、《殺楚》和《將軍劍》，於是停停寫寫，寫了一年半，才告完成。

近乎兩年沒有新的武俠著作，這是自我在七六年出版第一部武俠小說後，幾乎從未有過的事！於是乎，見到朋友，給朋友冷諷熱嘲；遇到讀者，給讀者罵死。

有的是當面催，我答：「快了，快了，快出版了。」他冷冷的說：「這句話你已經說了兩年了。」有的比較迂迴曲折：「聽說你有一個嗜好，寧願發表完了以後給人捷足先登盜印，也不肯自己整理成書，不知可有此事？」有的直接了當：「你再不出書，我們都快忘了你了。」有的苦口婆心，曉以大義，十分誇張：「你遲不出書，對整個武俠文學的推展，都有妨礙，對你在武俠小說地位，也有影響。」有的索性拉長了臉、沒有好氣：「這麼久沒見你出版武俠小說，我以爲你又被關起來了！」

對不起對不起，沒有你們的軟硬兼施，《逆水寒》可能還沒上岸呢！

《逆水寒》原名《易水寒》，後易「易」爲「逆」，更加切題。故事一開始，即是正派人物突遭暗算，被逼逃亡，足足逃了八十萬字，其中輾轉千里，跌宕起伏，無盡血淚，無數辛酸。這故事，一方面是我某段時期心情的蒼涼寫照，一方面也是我在七二年發表第一個武俠短篇「追殺」後，經一十三年的文筆磨煉，故意把同樣的故事，倒反過來，再寫一次，所不同的是，「追殺」是冷血追捕逃犯爲始，追殺成功爲結，《逆水寒》則是轉筆寫逃亡者的故事。曾經滄海，此水已非前流，就算一樣的故事，也不會有一樣的感受了。

自《神州奇俠》之後，我很少寫過這樣子的長篇——《逆水寒》要比《大宗師》的故事還略長。《神州奇俠》八部寫的是「成長」；《大宗師》四部寫的是「闖蕩」；《逆水寒》六部寫的是「逃亡」。

這顯然是三個階段的人生歷程。我目下正在撰寫的《溫柔的刀》和《殺楚》，還有一部《將軍劍》，（作者在九八年附註：十二年後的今天，此書第十三次新版在台推出，我的「說英雄．誰是英雄」第一部《溫柔的刀》早已完成，目前寫到第八部：《天下無敵》，大概是我中期作品中最長篇幅也最具代表性的作品。《殺楚》故事已易名爲「方邪真系列」，第二部：《破陣》已在港推出。《將軍劍》則已談妥香港新版權，準備大張「旗鼓」痛痛快快的寫下去。正好，修改這篇後記的時候，這三個系列，都在進行得如火如荼。十年人事幾番新，但文事卻依然堅持到底，歷久長新。）不管是哪一部小說，我的重點都在人性；人性的趣味中心，是情和義；表現的形式，是武和俠。當然，還有許多曾謀面或未謀面的讀者和朋友，他們的鼓勵、支持和意見，還有靜飛、應鐘、家和、杜比、展超等人的甘苦共嘗，使我不致逆道而行，心頭常覺溫暖。

稿於一九八六年三月廿三日
與小黑龍相交一週年紀念
校於一九九〇年七月廿五——廿六日
與林翠芬、周蜜蜜、盧青雲、陳琁、梁應鐘、何家和、謝志榮歡敘並出書

再校正於一九九八年七月一日
與劉靜飛、何包旦、葉浩香江共度回
歸週年紀念日

作者通訊處：香港北角郵箱54638號
作者傳真：（852）28115237
（86755）25861868

溫瑞安相關網頁：
www.6fun5.com（六分半堂）
www.xiaolou.com（神侯府小樓）
www.9sun.net（九陽村溫版）
新浪網之溫瑞安網頁

【武俠經典新版】四大名捕系列

四大名捕逆水寒續集（下）易水蕭蕭

作者：溫瑞安
發行人：陳曉林
出版所：風雲時代出版股份有限公司
地址：10576台北市民生東路五段178號7樓之3
電話：(02) 2756-0949
傳真：(02) 2765-3799
執行主編：劉宇青
美術設計：許惠芳
行銷企劃：林安莉
業務總監：張瑋鳳

初版日期：2021年07月新版一刷
版權授權：溫瑞安
ISBN：978-986-352-944-6
風雲書網：http://www.eastbooks.com.tw
官方部落格：http://eastbooks.pixnet.net/blog
Facebook：http://www.facebook.com/h7560949
E-mail：h7560949@ms15.hinet.net
劃撥帳號：12043291
戶名：風雲時代出版股份有限公司
風雲發行所：33373桃園市龜山區公西村2鄰復興街304巷96號
電話：(03) 318-1378
傳真：(03) 318-1378
法律顧問：永然法律事務所 李永然律師
北辰著作權事務所 蕭雄淋律師
行政院新聞局局版台業字第3595號 營利事業統一編號22759935

國家圖書館出版品預行編目資料

四大名捕逆水寒續集（下）／溫瑞安 著. -- 臺北市：風雲時代，2021.02- 冊；公分

ISBN 978-986-352-944-6（下冊：平裝）

1.武俠小說

857.9　　109019980